HEYNE BÜCHER

SCIENCE FICTION

Herausgegeben
von Wolfgang Jeschke

Von James Morrow erschienen in der Reihe
HEYNE SCIENCE FICTION & FANTASY:

Die eingeborene Tochter · 06/4924
Der Kontinent der Lügen · 06/4925
Die Stadt der Wahrheit · 06/5050
So muß die Welt enden · 06/5099 (in Vorb.)
Der Wein der Gewalt · (in Vorb.)

JAMES MORROW

DIE STADT DER WAHRHEIT

Roman

Aus dem Amerikanischen übersetzt von
IRENE BONHORST

Deutsche Erstausgabe

WILHELM HEYNE VERLAG · MÜNCHEN

HEYNE SCIENCE FICTION & FANTASY
Band 06/5050

Titel der englischen Originalausgabe
CITY OF TRUTH
Deutsche Übersetzung von Irene Bonhorst
Das Umschlagbild malte Jörg Remé
Die Illustrationen zeichnete Steve Crisp

Redaktion: Wolfgang Jeschke

Erstveröffentlichung by Random Century Group,
London (Legend Novella)

Printed in Germany 1993
Umschlaggestaltung: Atelier Ingrid Schütz, München
Technische Betreuung: Manfred Spinola
Satz: Schaber Satz- und Datentechnik, Wels
Druck und Bindung: Elsnerdruck, Berlin

ISBN 3-453-06621-9

Für meine Mutter
EMILY MORROW
wegen ihrer Liebe
und ihrer Aufrichtigkeit.

Ich danke Linda Barnes, Margaret Duda, Jean Morrow, John O'Connor, Kathy Smith, James Stevens-Arce und Michael Svoboda für ihre ehrlichen Äußerungen zu dem Manuskript.

1

Ich lebe jetzt nicht mehr in der Stadt der Wahrheit. Ich habe mich selbst aus Veritas verbannt, aus allen Städten — aus der Welt. Der Raum, in dem ich schreibe, ist eng wie eine Gefängniszelle und feucht wie ein Lungenflügel, aber ich gewöhne mich allmählich daran, ihn als mein Zuhause zu betrachten. Meine einzige Lichtquelle ist eine Kerze, ein dicker, butterfarbener Stengel, an dem Netze aus geschmolzenem Wachs wie Spinnweben hängen. Ich überlege mir, wie es wohl wäre, in dieser Kerze zu leben — in den durchscheinenden Furchen, die die Flamme umgeben: ein angenehmes Plätzchen, warm, sicher und behaglich.

Ich stelle mir vor, wie ich die Tage damit verbrächte, über Wachswege zu spazieren und in Paraffin-Salons zu sitzen, und in der Nacht im Bett läge und auf das ständige Tropf-tropf-tropf lauschte, mit dem mein Heim sich selbst verzehrte.

Mein Name ist Jack Sperry, und ich bin achtunddreißig Jahre alt. Ich wurde in der Stadt der Wahrheit geboren, in Veritas, am letzten Tag ihres zweihundertsten Jahres. Wie so viele Jungen meiner Generation träumte ich davon, eines Tages Kunstkritiker zu werden: der reine, ursprüngliche Kitzel, ein Gemälde anzugreifen, das erregende Gefühl im Bauch, einen Film oder ein Gedicht zu zerreißen. In meinem Fall wurde der Traum Wirklichkeit, denn als ich zweiundzwanzig war, bekam ich eine Anstellung als Vernichter am Wittgenstein-Museum im Bezirk Platon, der Illusion gerecht werdend.

Andere Träume — Frau, Kinder, ein glückliches Zuhause — erfüllten sich nicht so leicht. Vom ersten Tag an rangen Helen und ich mit der dornigen veritasianischen Frage, ob *Liebe* die der Wahrheit entsprechende Bezeichnung für das Gefühl war, das wir füreinander empfanden — dieser so häufig mißbrauchte Begriff *Liebe*, eine Art Lüge in einem Wort —, ein Problem, dem wir allerdings immer weniger Beachtung schenkten, als eine handfestere Krise an seine Stelle getreten war.

Sein Sperma ist faul, dachte sie. Ihre Eier sind Blindgänger, entschied ich. Doch schließlich fanden wir den richtigen Arzt, die geeignete Pille, und plötzlich war Toby entstanden und gedieh in Helens versöhnter Gebärmutter: Toby, der Embryo; Toby, das Baby; Toby, das Kleinkind; Toby, der Tischler im Vorschulalter, der ständig schiefe Vogelhäuser, schräge Serviettenhalter und asymmetrische Bücherstützen bastelte; Toby, der jugendliche Naturfreund, der sich jedes schlangenartigen, schleimigen, widerwärtigen Geschöpfes annahm, das sich auf der Erdoberfläche wand. Es handelte sich um ein Kind mit einer Madenfarm. Einer Küchenschabenranch. Einer Schnecke als Kuscheltier.

»Ich glaube, ich liebe ihn«, erklärte ich Helen eines Tages. »Wir wollen ihn nicht durchdrehen«, erwiderte sie.

An jenem Morgen, als ich Martina Coventry kennenlernte, war Toby gerade im Lager *Weg-mit-den-Kindern* in dem unzivilisierten Randgebiet des Bezirks Kant. Er schickte uns jeden Tag eine Ansichtskarte, eine Routine, die — so ist mir rückblickend klar — eine Art Schmuggelunternehmen darstellte; wenn Toby nach Hause käme, wären all seine Postkarten schon da, damit er sie seiner Sammlung einverleiben konnte.

Ein Beispiel:

Liebe Mom, lieber Dad!
Heute haben wir gelernt zu überleben, falls wir uns jemals im Wald verlaufen sollten — welche Baumrinden man essen kann und solche Sachen. Gruppenführer Rick sagt, er habe noch nie gehört, daß jemand diese Kenntnisse wirklich angewendet hat.
Euer Sohn Toby.

Oder:

Liebe Mom, lieber Dad!
Es gibt hier in der Speisekammer eine große Rattenfalle, und ratet mal, wer jede Nacht hinschleicht, um zu sehen, was für ein Tier gefangen ist, und es dann zu befreien? Ich!
Gruppenführer Rick sagt, ich bin ein Spielverderber.
Euer Sohn Toby.

Es war noch früh, kaum sieben Uhr morgens, doch die Bar *Suff am Morgen* war bis an die bröselnden Backsteinmauern vollgestopft mit Leuten. Ich bahnte mir einen Weg durch eine Mischung aus Zigarettenqualm und Biergestank, durch ehrlichen Schweiß und rechtschaffenen Mundgeruch. Aus einer Musikbox dröhnte die Gruppe *Redlichkeit* mit dem Song *Nicht unbedingt für alle Zeit*. Der Barkeeper, Jimmy Breeze, brachte mir das Übliche — ein Himbeertörtchen und eine Bloody Mary — und stellte beides auf der Theke aus rissigem Zedernholz ab. Ich sagte ihm, daß ich kein Geld dabei hätte, aber morgen bezahlen würde. Wir waren in Veritas. Ich würde zahlen.

Ich machte einen einzigen freien Stuhl ausfindig — an einem winzigen runden Tisch, einer jungen Frau gegenüber, deren breites Gesicht und die üppigen Formen vor den Augen des Betrachters in der urwüchsigen Sinnlichkeit eines Rubens-Modells strotzten. Zu dieser Zeit war mir Peter Paul Rubens ziemlich deutlich im Sinn, denn ich hatte kurz zuvor nicht nur das Gemälde *Der Liebesgarten,* sondern auch *Die Kreuzaufrichtung* in meiner Eigenschaft als Kritiker vernichtet.

»Sind Sie öfter hier?« fragte sie, als ich mich ihrem Tisch näherte und dabei mein in Plastik verpacktes Törtchen behutsam auf meinem Getränk balancierte. Ihr üppiges terrakottafarbenes Haar war zu einem bescheidenen Knoten zusammengefaßt. Ihr knöchellanges grünes Kleid bestand aus harmloser Baumwolle.

Ich setzte mich. »Mhm«, murmelte ich, wobei ich den Zuckerbehälter, den Serviettenspender und die Orangenschalen der Frau beiseite schob, um Platz zu schaffen für meine Bloody Mary und mein Gebäck. »Ich komme auf meinem Weg zum Wittgenstein immer auf einen Sprung hier rein.«

»Dann sind Sie Kritiker?« Selbst in der künstlichen Dämmerung des *Suff am Morgen* schimmerte ihre glatte, ungeschminkte Haut seidig.

Ich nickte. »Jack Sperry.«

»Ich kann nicht behaupten, daß ich übermäßig beeindruckt bin. Man braucht dazu nicht allzuviel intellektuelle Substanz, oder?«

Sie konnte so ehrlich sein, wie sie wollte, vorausgesetzt, ich durfte die Bewegung ihrer vollen Lippen betrachten. »Und in welcher Branche sind Sie tätig?«

»Ich bin Schriftstellerin.« Ihre Augen weiteten sich: klare, großzügige Augen in dem Kobaltblau von Salomes So-So-Empfängnisverhütungs-Creme. »Das birgt natürlich seine Gefahren. Es besteht immer das Risiko der Benutzung von … wie heißt das noch?«

»Metaphern?«

»Genau. Metaphern.«

In Veritas gab es keine Metaphern. Metaphern waren Lügen. Fleisch konnte *wie* Gras sein, aber es *war* niemals Gras. Wenn man in Veritas eine Metapher anwandte, setzte sofort die Wirkung des Konditionierers ein; der Kopf pochte, das Herz brannte, und man wurde in einem Eimer des Schmerzes direkt in die Hölle geworfen. Sozusagen.

»Was schreiben Sie?« fragte ich.

»Knittelverse. Botschaften auf Grußkarten, Zweizeiler für die Werbung, einfallsreiche Reime, zum Beispiel für …«

»Läuft das Geschäft?«

Eine düstere Grimasse verzerrte das strahlende Gesicht. »Ich sollte sagen, ich strebe es an, eine Schriftstellerin zu sein.«

»Ich würde gern einige Ihrer Verse lesen«, behauptete ich. »Und ich würde gern mit Ihnen kopulieren«, fügte ich hinzu und zuckte wegen meiner Offenheit zusammen. Es war nicht leicht, Bürger dieser wahrheitsbesessenen Stadt zu sein.

Ihre Miene wurde noch düsterer.

»Entschuldigung, falls das eine Beleidigung war«, sagte ich. »War es eine Beleidigung?«

»Es war eine Beleidigung.«

»Nur eine Beleidigung im abstrakten Sinn, oder von Ihnen persönlich als eine solche empfunden?«

»Beides.« Sie schob eine Orangenspalte in ihren bewundernswerten Mund. »Sind Sie verheiratet?«

»Ja?«

»Glücklich verheiratet?«

»Ziemlich.« *Zu erlangen und zu bewahren, zu lieben*

und zu ehren, in einem Maße, daß diese albernen und sentimentalen Abstraktionen mit einem Inhalt erfüllt werden: Helen und ich hatten uns für die traditionelle Eheschließungs-Zeremonie entschieden. »Unser Sohn ist nett. Ich glaube, ich liebe ihn.«

»Wenn wir ein Verhältnis miteinander hätten« — ein verstohlenes Lächeln —, »hätten Sie dann keine Schuldgefühle?«

»Ich habe meine Frau noch nie betrogen.« Ein Verhältnis, überlegte ich. Eine grauenhafte Sache. »Schuldgefühle? Ja, natürlich.« Ich nippte an meiner Bloody Mary. »Aber ich glaube, ich könnte damit leben.«

»Nun, Sie können sich dieses Hirngespinst aus dem Kopf schlagen, Mr. Sperry«, sagte die junge Frau; eine Äußerung, die mich mit einer seltsamen Mischung aus Erleichterung und Enttäuschung erfüllte. »Sie können diesen Gedanken vollkommen ...«

»Nennen Sie mich Jack.« Ich wickelte mein Törtchen aus; an der Verpackung blieben Klumpen von Vanillezuckerguß hängen wie Blutkruste an einem Pflaster. »Und Sie sind ...?«

»Martina Coventry, und im Augenblick verspüre ich nur ein schwaches, leicht zu bezähmendes Verlangen zum Beischlaf mit Ihnen.«

»Im Augenblick«, wiederholte ich und staunte, wieviel Zweideutigkeit in eine präpositionale Einfügung gelegt werden konnte. Mit einer modisch ungebührlichen Bewegung leckte ich den Zuckerguß von der Verpackung des Törtchens (*Die Verlogenheit der guten Manieren* war kürzlich auf den ersten Platz der *Times*-Bestsellerliste gerückt). »Wollen Sie mir Ihre Knittelverse zeigen?«

»Es sind schlechte Knittelverse.«

»Knittelverse sind per definitionem schlecht.«

»Meine sind noch schlechter.«

»Bitte.«

Martinas geschmeidige Züge zogen sich zu einem nachdenklichen Stirnrunzeln zusammen. »Jetzt besteht eine ganze Menge sexueller Spannung zwischen uns, würden Sie das auch sagen?«

»Stimmt.«

Sie griff in ihre Tasche und zog ein zusammengefaltetes Blatt weißes Manuskriptpapier heraus, das sie mir mit einem ergebenen Augenaufschlag in die Hand drückte.

Das erste war eine Botschaft zum Valentinstag.

Du bist für mich ziemlich erregend,
nicht zu groß und nicht zu klein.
und ich fände es ganz schön bewegend,
könnte ich dein Valentin sein.

Dann folgte ein Glückwunsch zum Geburtstag.

Rosen fallen irgendwann um zum Sterben,
es vergeht auch das Veilchen klein,
Jeder Tag bringt uns näher ans Verderben,
Dein Geburtstag soll glücklich sein.

»Ich gebe mich nicht der Illusion hin, daß ich von meiner Dichterei leben könnte«, sagte Martina, unverschämt untertreibend. »Was ich in Wirklichkeit anstrebe, ist eine Laufbahn als Verfasserin politischer Reden. Der Abgeordnete meines Wahlbezirks hätte mich beinahe mit der Kampagne für seine Wiederwahl beauftragt. ›Als Person kühl, im Handeln leistungsfähig‹ — das war der Slogan, den ich mir ausgedacht hatte. Schließlich bekam seine Freundin den Job. Gefallen Ihnen meine Verse, Jack?«

»Sie sind schrecklich.«

»Ich werde sie verbrennen.« Martina küßte eine Orangenspalte und saugte ihr den Saft aus.

»Nein, tun Sie das nicht. Ich möchte sie gern haben.«

»Sie möchten sie haben? Weshalb?«

»Weil ich damit rechne, daß Sie noch etwas anderes auf das Blatt schreiben werden.« Ich zog meinen Kugelschreiber aus der Hemdtasche (einen *Paradox Pen*). »Sagen wir, zum Beispiel, die Information, die ich brauche, um Sie wiederfinden zu können.«

»Wir können also ein Verhältnis haben?«

»Der Gedanke macht mir angst.«

»Sie sehen einigermaßen gut aus«, bemerkte Martina und nahm den Kugelschreiber. In der Tat. Die Augenbrauen sind es, die das ausmachen, dichte, buschige Vorsprünge, die an ein raubtierhaftes Säugetier von ungewöhnlichen Fähigkeiten denken lassen — Wolf, Bär, Leopard —, wobei sie noch beträchtliche Unterstützung von meiner geraden Nase und dem kantigen Kiefer bekommen. Erst wenn man das Kinn betrachtet, eine spitze, pickelige Knolle, die ständig mit Bartstoppeln bedeckt ist, löst sich die Illusion von Vollkommenheit auf. »Ich warne Sie, Jack. Ich besitze meinen eigenen Smith-und-Wesson-Zudringlichkeitsstopper.« Sie schrieb ihren Namen in fetten Schnörkeln quer über den unteren Teil der Seite und fügte ihre Adresse und die Telefonnummer hinzu. »Wenn Sie versuchen, mich mit Gewalt zu nehmen, dann erschieße ich Sie.«

Ich nahm die Knittelverse vom Tisch und schnippte einen Törtchenkrümel von dem Wort *Valentin.* »Komisch — an dieser Stelle hätten Sie *fast* gelogen. Rosen fallen nicht um zum Sterben, sie ...«

»Sie welken langsam.«

»Wenn ich Sie wäre, Martina, würde ich meine Gesundheit nicht so leichtfertig aufs Spiel setzen.«

»Wenn Sie ich wären«, entgegnete sie, »dann würden Sie sehr wohl Ihre Gesundheit so leichtfertig aufs Spiel setzen, sonst wären Sie nicht ich.«

»Stimmt auch wieder«, sagte ich und steckte Martina Coventrys dämliche Verse ein.

Am Galileo-Platz herrschte ein Verkehrsstau, ein dichter metallischer Knoten, der eine Verzögerung von mindestens zwanzig Minuten bedeutete. Ich schaltete das Autoradio meines Plymouth Adäquat ein, wählte den Sender Wahrheit-West und fügte mich ins Warten. Achtzehnte Straße, Neunzehnte Straße, Zwanzigste ...

»... die Tatsache, daß ich während des Avelthorpe-Skandals Schmiergelder in Höhe von fünfzigtausend Dollar kassiert habe, sollte meines Erachtens nicht von meinen Leistungen in den Bereichen Erziehung, Umwelt und Gesundheit ablenken ...«

»Fünfundzwanzigste Straße, Sechsundzwanzigste Straße, Siebenundzwanzigste Straße ...«

»... denn obwohl wir unbestritten riesige Mengen von Protein abzweigen, mit denen der Hunger in der Welt gelindert werden könnte, ist der psychologische Nutzen von Hunden und Katzen so gründlich bewiesen, daß jeder Schatten einer ...«

»Dreißigste Straße, Einunddreißigste ...«

»... unzufrieden über die unzumutbaren Mengen von Zucker, die wir in unsere Kinderflocken geben, und deshalb freuen wir uns, verkünden zu können, daß wir eine neue Politik der ...«

Endlich: das Wittgenstein-Museum, ein einstöckiges Backsteingebäude, das sich auf einer großen Betonfläche ausbreitete, auf der nördlichen Seite flankiert von einer Station der Brutalotruppe und auf der südlichen von einem Café mit dem Namen *Dummer Hund.* Der Wachtposten, ein junger Mann mit vorstehenden Zähnen und kurzem Haarschnitt, an dessen Gürtel ein Remington-Metapenis hing, winkte mich durch das Eisentor. Ich fuhr in Richtung Parkplatz. Derrik Popkes von der Abteilung Ägyptische Ausgrabungen hatte seinen Vorsprung ausgenutzt, um mir meinen Stammplatz wegzunehmen und ihn durch seinen Ford ausreichend zu entweihen, so daß ich bis ganz hinten zum Hauptverbrennungsofen fahren und beim Kohlebehälter parken mußte.

»Lenke deinen Gewalttrieb in eine begrüßenswerte Richtung — komm zur Marine. Läutere deine natürliche Neigung zu ...« Ich brachte das Radio zum Schweigen, stellte den Motor ab.

Wie war das Leben im Zeitalter der Lügen gewesen? Wie hatte die Menschheit eine Welt ertragen, in der Politiker irreführende Reden schwangen, Werbeleute zu dick auftrugen, Kirchenleute übertrieben, Frauen sich mit Make-up verschönerten und die Leute beim geringsten Anlaß von Liebe sprachen? Wie hatte die Menschheit diese Epoche überlebt, über die wir alle in den Geschichtsbüchern gelesen hatten, diese alptraumartigen Jahrhunderte der haarspalterischen Sitten und verlogenen Rituale? Die Vorstellung verwirrte mich, erschütterte mich bis ins tiefste Innere. Osterhase, Klapperstorch, Weihnachtsmann, Väterchen Frost, Rudolf das rotnasige Rentier: unfaßbar.

»Sie kommen zu spät«, bemerkte der Museumsdirektor, der glatzköpfige und wohlbeleibte Arnold Cook, als ich ins vordere Büro spazierte. »Viel Verkehr?«

»Ja.« Ich schob meine Karte in den Schlitz der

Stechuhr und spürte, wie ihr Mechanismus mein Zuspätkommen rüttelnd ausdruckte. »Stoßstange an Stoßstange.« Häufig verspürte man den Drang, kurz vor der totalen Aufrichtigkeit haltzumachen. Doch dann plötzlich überkam es einen: ein dumpfes Nervenpochen, das, wenn man nicht die ganze Wahrheit aussprechen würde, sich rasch zu einer psychosomatischen Explosion im Schädel auswachsen würde. »Ich habe außerdem viel Zeit vergeudet, um die Adresse einer jungen Frau herauszubekommen.«

»Haben Sie die Absicht, den Beischlaf mit ihr auszuüben?« fragte Mr. Cook, während er mir in den Umkleideraum folgte. Obwohl es noch früh am Morgen war, war er bereits von seinem charakteristischen Schweiß überströmt, Tropfen, die, wie ich ihm einmal in einer besonders qualvollen Erfüllung meiner Bürgerpflicht eröffnen mußte, mich an ein Katzenklo erinnerten.

Overalls aus grobem Köper hingen schlaff in den Spinden. Ich entschied mich für einen, der aussah, als könnte er ungefähr meine Größe haben. »Ehebruch ist betrügerisch«, erinnerte ich den Museumsdirektor.

»Eheliche Treue ebenso«, erwiderte er. »In gewisser Hinsicht.«

»In gewisser Hinsicht«, stimmte ich zu, während ich mir den Overall anzog.

Ich durchschritt einen nichtwörtlichen Rattengang von dunklen, staubigen Fluren bis zu meiner Werkstatt. Sie war vollgestopft mit allerlei Gegenständen. Wie üblich, unterteilten sich die Objekte, die ich an diesem Tag analysieren sollte, zu gleichen Teilen in authentische Kunst, die von den Archäologen ausgegraben worden war, und die Ersatzprodukte, die der heimlichen Unzufriedenheit der Stadt entsprangen — dem Kreis der ›Schwindler‹. Auf jede Statue aus dem antiken Griechenland kam eine grobe Nachahmung. Auf jeden Cézanne eine stümperhafte Fälschung. Auf jeden Roman aus dem achtzehnten Jahrhundert ein Erguß der Eitelkeit.

Die Schwindler. Selbst jetzt, nach allem, was ich durchgemacht habe, fährt mir bei diesem Wort ein kalter Wind durch die Knochen. Die Schwindler: Veritas' Feinde im Innern, die die Mauern mit ihren hingeschmierten Gemälden besudelten, die Luft mit ihren Liedern verpesteten und — überaus wagemutig — die Straßen in ein Forum für Sophokles, Shakespeare, Ibsen und Shaw verwandelten, wobei es sich jeweils um holperige, schlampige Aufführungen handelte, in panischer Eile inszeniert, bevor die Brutalotruppe zur Stelle sein konnte, um die Gesetzlosen in ihre Löcher und Verstecke zurückzujagen. Nur ein einziges Mal war ein Schwindler geschnappt worden, und dann hatte die Truppe die Sache vermurkst, indem sie die Frau mit ihren Knüppeln zu Tode geprügelt hatte, bevor man ihr die entscheidende Frage stellen konnte.

Wie ist es Ihnen gelungen, diese Lügen zu verbreiten, ohne den Verstand zu verlieren?

Wie?

Was ich an dieser Arbeit liebte, war die Art und Weise, wie mein Kopf und meine Hände dabei im Einklang miteinander wirkten. Sicher, der rein existenzielle Vorgang der Vernichtung war ziemlich derb, doch diesem Augenblick ging geistige Arbeit voraus; man mußte entscheiden, ob das fragliche Stück, ob Original oder Fälschung, tatsächlich dem Wohl der Allgemeinheit abträglich war.

Ich wandte mich einem Gegenstand klassischer Verlogenheit zu, das mit der Beschriftung *Nike von Samothrake* versehen war. Eine Lüge? Ja, offensichtlich:

diese Flügel. Eine solche Kreatur auch nur in Händen halten zu müssen, bereitete mir Übelkeit. Kein Wunder, daß Platon bildende Künstler und Verfasser von Theaterstücken aus seinem erdachten Utopia verbannt hatte. »Drei Schritte von der Natur entfernt«, hatte er über sie gesagt, drei Schritte von der Tatsächlichkeit entfernt. KUNST IST LÜGE riefen uns die elektronischen Plakate im Umsicht-Park immer wieder ins Gedächtnis. Wahrheit mochte Schönheit sein, aber der Umkehrschluß davon stimmte einfach nicht.

Wie ein unter Agoraphobie leidender Mensch, der sich auf ein Picknick im Haus vorbereitet, breitete ich meine Auffangplane aus Segeltuch auf dem Betonboden aus. Ich nahm einen Siebener-Holzhammer aus der Halterung. Die *Nike* war ohne Kopf gekommen, und jetzt, da ich mich mit meinem Kritikergerät an ihr zu schaffen machte, büßte sie auch die Flügel ein — dann die Brüste, anschließend die Hüften. Massive Marmorbrocken lagen auf der Auffangplane verstreut. Mein Overall stank nach Schweiß, meine Zunge fühlte sich an wie eine getrockenete Feige, die in meinem Mund eingeklemmt war. Ein ermüdendes Unterfangen, die Kritik; eine zermürbende Schufterei, die Analyse. Ich hatte eine Pause verdient.

Auf dem Schreibtisch in meiner Bürozelle lag eine Notiz.

Lieber Mr. Sperry!

Letzten Freitag, Sie werden sich vielleicht erinnern, boten Sie mir an, in meiner Angelegenheit einen Brief zu schreiben.

Ich las weiter, während das Wasser kochte.

Ich hoffe, Mr. Cook wird ihn bis Ende dieser Woche erhalten.

Mit ziemlich freundlichen Grüßen,
Stanley Marcus.

Ich stellte meinen Becher ab, versenkte einen gehäuften Teelöffel voll Halb-Instant-Pulver darin — Donaldsons Trinkbarer Kaffee, meine Lieblingsmarke —, goß Wasser aus dem Kessel dazu und begann, im Geiste ein Empfehlungsschreiben für Stanley zu verfassen. Er arbeitete jetzt seit über einem Jahr als Assistent in meinem Bereich, wo er etlichen von uns Kritikern zu Diensten war — er schärfte unsere Äxte, füllte unsere Sprengfackeln mit Treibstoff, kehrte unsere Werkstätten und Bürozellen gewissenhaft aus —, und jetzt trachtete er nach einer Beförderung. ›In aller Ehrlichkeit glaube ich, daß sich Stanley als einigermaßen fähig für die Betreibung des Hauptverbrennungsofens erweisen würde. Natürlich ist er ein wenig stumpfsinnig und speichelleckerisch, aber diese Eigenschaften könnten ihm möglicherweise sogar zugute kommen. Was einem an Stanley auffällt, ist sein häufiges Furzen, aber auch damit nenne ich keine typischen Merkmale, die hinderlich wären ...‹

Ich warf einen Blick auf meinen Kalender, eine Beigabe der Zeitschrift *Gegenschlag* — zum Glück, denn sonst hätte ich wahrscheinlich nicht mehr an die Verabredung mit meiner Frau zum Essen gedacht. *Helen* stand da in dem Feld des neunten Juli, *1 Uhr, Miese Mixgetränke.* Das *Miese Mixgetränke* in der Neunundzwanzigsten Straße hatte köstliche Meerestier-Sandwiches und herrliche Waldorf-Salate. Seine Mixgetränke waren nichts Besonderes.

Miss Juli — eine gewisse Wendy Warren laut der dazugehörenden Persönlichkeitsbeschreibung —

gaffte mich von dem Hochglanzpapier an. *Als Intellektuelle,* lautete ihre Kurzbiografie, *erwies sich Wendy als überaus anstelliges Fotomodell.* Sie wurde zitiert mit den Worten: ›*Es ist gleichzeitig geschmacklos und aufregend, demütigend und anregend. Wenn es mir nur um die schnellverdienten Fünftausend gegangen wäre, hätte ich es niemals in Betracht gezogen. Als wir merkten, wie klug sie ist — Gewinnerin der Bezirks-Schachmeisterschaft und so weiter —, hätten wir sie beinahe nicht genommen. Wir wußten jedoch, daß viele von Ihnen beim Masturbieren gern ihre …*

Gute alte Wendy. Mein sogenanntes Es fing an zu ticken. Und plötzlich wurde mir bewußt, daß das schlichte Betrachten von Martina Coventrys Handschrift eine geringe, aber nicht zu leugnende Erregung in mir verursacht hatte, als ob ihre Schnörkel und Bögen die Rundungen ihres Rubensschen Fleisches darstellten. Ich nahm einen kräftigen Schluck von Donaldsons Trinkbarem, zog Martinas Verse aus der Tasche und glättete das zerknüllte Blatt Papier auf dem Schreibtisch.

Die Reime waren so abscheulich wie zuvor, doch die Unterschrift hatte in der Tat eine gewisse erotische Ausstrahlung. Sogar die Linien der folgenden Information bereiteten mir einen schwachen Kitzel. *7, Glanzlose Straße, Bezirk Descartes* hatte sie geschrieben, *Telefon 610-400.*‹

Mein Auge fiel auf eine bestimmte Stelle, eine Struktur von dünnen, flachen Vertiefungen im Papier, die den Platz zwischen der Valentinsbotschaft und dem Geburtstagsglückwunsch füllten, und ich erkannte, das sich auf den in meinem Besitz befindlichen Gegenstand eine von Martinas früheren schöpferischen Krämpfen abgedruckt hatte. Neugierig geworden, nahm ich einen der Bleistifte und fuhr mit dem Graphit über das Papier, wodurch die älteren Reime sichtbar wurden, so wie eine fotografische Abbildung in der Entwicklungsschale erscheint. Innerhalb weniger Sekunden lag das ganze Gedicht vor mir, und mein Nervensystem wurde erschüttert durch eine Mischung aus Unglauben, Entsetzen und Faszination.

Lügen.

Schauderhafte poetische Lügen.

Von Martina Coventry persönlich niedergeschrieben.

Ich verberge meine Flügel in meiner Seele,
Ihre Federn sind weich und trocken,
Und wenn die Welt nicht hersieht,
Hole ich sie heraus und fliege.

Schweiß trat mir in den Handflächen und auf der Stirn aus. *Flügel.* Martina hatte keine Flügel. Niemand hatte Flügel. Für wen hielt sie sich, die Nike von Samothrake? Genausogut konnte man die Behauptung von der wirklichen Existenz des Weihnachtsmannes oder von Lewis Carrolls Alice im Wunderland aufstellen. Was die Seele betrifft, dieses kitschige Gebilde ...

Vielleicht trogen mich meine Augen. Ich beschloß, mir selbst das Gedicht laut vorzulesen — hören ist glauben; wenn ich spüren würde, wie diese erstaunlichen Worte in meinem Kopf widerhallten, wüßte ich, daß die tatsächlich existierten. »Ich verberge meine Flügel«, sprach ich in heiserem Flüsterton, aber ich konnte nicht fortfahren. Ein übermächtiges Entsetzen durchfuhr mich und brachte einen so heftigen Migräneanfall mit sich, daß ich beinahe das Bewußtsein verloren hätte.

Mein kritischer Instinkt gewann die Oberhand. Ich griff nach Martinas Gedicht, rannte aus dem Museum und jagte über den Hof zum Hauptverbrennungsofen. Mit einem heftigen Pochen im Schädel schleuderte ich die Seite in die Richtung derselben brodelnden Grube, in der ich tags zuvor ein Dutzend Bücher zum Thema Reinkarnation und die letzten zweihundert Nummern der Zeitschrift *Psychische Heilmethoden* vernichtet hatte.

Ich hielt inne.

War ich tatsächlich willens, Martina Coventry aus meinem Leben zu werfen? War ich wahrhaftig bereit, ihre Identität den Flammen preiszugeben? Nein, das war ich nicht. Ich richtete den Blick eindringlich auf ihre Adresse und prägte sie mir ins Gedächtnis ein.

Wie konnte sie Lügen von sich geben, ohne den Verstand zu verlieren?

Wie?

Telefon 610-400. Kein Problem. Zu seinem *sechsten* Geburtstag hatten wir Toby ein Fahrrad mit *Zehn*gangschaltung geschenkt, doch es vergingen *vier* Monate, bevor ich es zusammenbaute, und dann fuhr er kaum damit, so daß das Ganze null und nicht war, also zweimal *null*. 6 ... 1 ... 0 ... 4 ... 0 ... 0.

Meine Hand öffnete sich, und die Verse flatterten ihrem Schicksal entgegen, um sich den epischen Werken Homers, den Theaterstücken Racines, den Romanen von Dickens und dem breiigen, überspannten, pseudowissenschaftlichen Geschwafel von *Psychische Heilmethoden* zuzugesellen.

»Es ist absolut unglaublich«, sagte ich zu Helen, als wir im *Miese Mixgetränke* saßen und uns in die Tageskarte vertieften. SANDWICH MIT ERMORDETER KUH, VERWELKTE SALATHERZEN, FISCHROGEN MIT HOHEM CHOLESTERINGEHALT — FÜR ANGEMESSENE $ 5.99. »Vor vier Stunden habe ich mit einer Schwindlerin gefrühstückt. Ich hätte die Hand ausstrecken und sie berühren können.«

»Aber du hast es nicht getan«, sagte Helen, und ihr Tonfall war eher beunruhigt als überzeugt. Sie schob die Sonnenbrille in ihr dünnes ergrauendes Haar hinauf, um mein Gesicht einer gründlicheren Erforschung unterziehen zu können.

»Nein, ich habe es nicht getan.«

»Besteht kein Zweifel daran, daß sie eine davon ist?«

»Ich bin ganz sicher. Mehr oder weniger.«

Meine Frau sah mir eindringlich in die Augen, wobei ihr ein Salatblatt über die Lippe hing wie eine grüne Zunge. »Wir wollen nicht durchdrehen«, sagte sie.

Wir wollen nicht durchdrehen. Das war Helens Leitspruch; er müßte eines Tages auf ihrem Grabstein stehen. Sie war eine Frau, die ihr Leben dem Ziel gewidmet hatte, nicht durchzudrehen — in ihrer Karriere, im Bett, überall. Es war ihr Job, glaube ich, der sie so gelassen hatte werden lassen. Als Redakteurin des gefeierten Supermarkt-Sensationsblatts *Süße Vernunft* bewegte sich Helen in den Kreisen der Skeptiker und Logiker dieser Welt und lieferte reißerische Meldungen: ÜBERWACHTE STUDIE WIDERLEGT NEUE HEILMETHODE BEI ARTHRITIS; ERSCHLAGENER ZEITUNGSMACHER ALS SCHIZOPHRENER ENTLARVT; VORAUSSAGEN EINES TOP-ARZTES TRETEN NICHT EIN. Wenn man zehn Jahre lang solche Geschichten schreibt, dann zieht man sich eine gewisse Kälte zu.

Ich sagte: »Hast du eine bessere Deutung, angeblicher Liebling?«

»Vielleicht hat sie das Blatt Papier auf der Straße gefunden, scheinbares Herzchen«, antwortete Helen.

Eine schöne Frau, hatte ich immer gedacht: große, schmachtende Augen, weiche runde Wangen, an denen man sich die Hände wie an Balsam reiben möchte. »Vielleicht hat jemand anderes die Gedichte verfaßt.«

»Es war Martinas Handschrift.«

Helen biß in ihre ermordete Kuh. »Laß mich raten. Sie hat dir ihren Namen und ihre Adresse gegeben, stimmt's?«

»Ja. Sie hat sie auf das Blatt geschrieben.«

»Hat sie gesagt, daß sie mit dir kopulieren möchte?«

»Nicht so ausdrücklich.«

»Hast du gesagt, daß du mit ihr kopulieren möchtest?«

»Ja.«

»Glaubst du, es wird dazu kommen?«

»Ich weiß nicht«, sagte ich. »Ich hoffe es, und ich hoffe es nicht — du weißt ja, wie das ist.« Ich leckte das Fett von einer Pommefrite. »Ich möchte dir ungern weh tun.«

Helens Augen wurden so dunkel und schmal wie die Schlitze in einem Schützenturm. »Ich bin mir wahrscheinlich genauso unschlüssig wie du. Ein Teil von mir möchte diese Martina gern der Brutalotruppe übergeben, um sie zu unserem Besten für immer aus unserem Leben zu streichen. Der andere Teil, die Frau, die eine gewisse nicht zu leugnende Zuneigung zu dir empfindet, weiß, daß das sehr dumm wäre, denn wenn die Dame ahnt, daß ihr die Polizei auf der Spur ist, dann wird sie auch ahnen, wie sie darauf gekommen ist, nicht wahr? Diese Schwindler, so habe ich gehört, sind nichtwörtliche Katzen mit scharfen Krallen. Es gibt Mörder in ihren Reihen.«

»Mörder«, pflichtete ich bei. »Mörder, Terroristen,

Wahnsinnige. Möchtest du, daß ich das Papier verbrenne?«

»Verbrenne es, Kritiker.«

»Das habe ich bereits getan.«

Meine Frau lächelte. In Veritas fragt man nicht: *Wirklich? Machst du Witze? Ist das dein Ernst?* Sie aß ihre Kuh vollends auf und sagte: »Du bist ein bißchen besser, als ich gedacht habe.«

Wir verbrachten den Rest der Stunde mit den üblichen ehelichen Kämpfen. Helen und ich liebten es, uns zu streiten. Meine Erektionen wurden in zunehmendem Maße gegenstandsloser, wie sie mir wahrheitsgemäß versicherte. Die Geräusche, die sie beim Kauen ihres Essens verursachte, waren ekelerregend, berichtete ich ihr ehrlich. Sie verkündete mir, sie habe nicht die Absicht, das Pflichtgeschenk für die Gehirnbrand-Party meiner Nichte am Samstag zu besorgen — Connie war schließlich nicht ihre Nichte. Ich wollte auch gar nicht, daß sie das Geschenk besorgt, hielt ich ihr entgegen, denn sie würde etwas Billiges kaufen, das vordergründig und hintergründig symbolisch für die Verachtung sein würde, die sie meiner Schwester entgegenbrachte. Und auf diese Weise fuhren wir fort, während des Desserts und bis zum Kaffee; wir nagten aneinander wie Mäuse, machten einander nieder wie Heckenschützen. Was für ein Vergnügen, was für ein pathologisches Vergnügen!

Helen griff in ihre Handtasche und brachte ein zerknittertes Blatt Computerpapier zum Vorschein, das mit gepünktelten Buchstaben bedruckt war. »Das ist heute morgen gekommen«, erklärte sie. »Toby ist von einem Kaninchen gebissen worden«, verkündete sie gleichmütig.

»Von was? Einem Kaninchen? Was redest du denn da?«

»Er hat das Ganze inzwischen wahrscheinlich schon vergessen.«

»Es hat ihn *gebissen?*«

Ralph Kitto
Geschäftsführer
Lager Weg-mit-den-Kindern
Postfach 145
Bezirk Kant

Mr. und Mrs. Sperry,

wie Sie vielleicht wissen, hat es sich Ihr Sohn zu seiner ärgerlichen Aufgabe gemacht, alle Tiere zu befreien, die in unsere Rattenfalle geraten. Gestern wurde er bei der Ausübung einer derartigen zweifelhaften mitleidsvollen Tat von einer seltenen Spezies angegriffen, die Hobs Hase heißt. Wir haben seine Wunde sofort verbunden und uns anhand seiner ärztlichen Unterlagen davon überzeugt, daß seine Tetanusimpfungen noch wirksam sind.

Als Sicherheitsvorkehrung haben wir das Kaninchen in Quarantäne genommen. Es tut mir mäßig leid, Ihnen sagen zu müssen, daß das Tier heute gestorben ist. Wir haben den Leichnam sofort eingefroren und unverzüglich an das Epidemiologische Institut Kraft eingeschickt. Die Ärzte von Kraft werden sich unverzüglich mit Ihnen in Verbindung setzen, falls Anlaß zur Besorgnis besteht, obwohl ich vermute, daß Sie sich bereits jetzt Sorgen machen.

Mit gelinder Hochachtung,
Ralph Kitto

»Warum hast du mir das nicht gleich gezeigt?«

Helen zuckte die Achseln. »Das ist doch keine Staatsaffäre.«

Gelassene Helen mit den starken Nerven! Es gab Augenblicke, da fragte ich mich, ob sie überhaupt etwas für Toby empfand. »Beunruhigt es dich nicht, daß das Kaninchen gestorben ist?«

»Vielleicht war es alt.«

Meine Zähne preßten sich in einem schmalen, gespannten Grinsen zusammen. Der Gedanken an Tobys Schmerz bereitete mir Kummer. Nicht der physische Schmerz — der hatte ihm vielleicht sogar ganz gutgetan und ihn für seinen Gehirnbrand abgehärtet. Was mich traurig machte, war das Gefühl von Betrug, das er empfunden haben mußte; mein Sohn war stets in gutem Glauben mit der Welt umgegangen, und jetzt hatte die Welt ihn gebissen. »Es gibt etwas, das ich dir sagen muß«, gestand ich meiner Frau. »Bevor ich Martinas Knittelverse verbrannte, habe ich mir ihre Adresse und die Telefonnummer eingeprägt.«

Helen machte ein Gesicht, als ob ihr ein übler Geruch um die Nase wehte. »Wie bereitwillig du dieselben ekelhaften Eigenschaften an den Tag legst, die man gemeinhin Arschlöchern zuschreibt. Ehrlich, Jack, manchmal frage ich mich, warum wir geheiratet haben.«

»Manchmal frage ich mich das auch. Ich wünschte, das Kaninchen wäre nicht gestorben.«

»Vergiß das Kaninchen. Wir reden davon, warum ich dich geheiratet habe.«

»Du hast mich geheiratet«, antwortete ich und sprach damit die Wahrheit aus, »weil du dachtest, ich sei deine letzte Chance.«

2

Samstag: Schweine haben Flügel, Hunde können sprechen, Geld wächst auf den Bäumen — wie ein blödsinniges und beharrliches Lied wogt diese Litanei durch mich hindurch, rollt zwischen den Falten meines Großhirns herum, wie es immer war, wenn für eine meiner Nichten die Zeit des Gehirnbrandes gekommen war. Steine sind lebendig, Ratten jagen Katzen — zehn ausgesprochene Lügen, die zehn Gebote des Betrugs, die im Herzen unserer Stadt schlummern wie ein Drache, der neben einem unterirdischen Schatz schläft. Salz ist süß, der Papst ist Jude — und plötzlich hat das Kind es vollbracht, plötzlich hat sie den verwerflichen Mantel der Jugend abgelegt und die Unschuld des Erwachsenseins angelegt. Plötzlich ist sie eine Frau.

Ich erwachte an diesem Morgen voller Angriffslust und riß die Decke von mir, als ob mich nichts anderes von der vollkommen Wachheit trennen würde. Auf der anderen Seite des Zimmers schlief meine Frau friedlich, gleichgültig gegenüber den traurigen Wahrheiten der Welt, gegenüber dem toten Kaninchen. Wir führten eine Zweibett-Ehe. Der tiefe Symbolgehalt ließ mich nicht kalt. Häufig liebten wir uns am Boden — auf dem schmalen neutralen Territorium zwischen unseren Matratzen, in unserem ehelichen Genf.

Gähnend begab ich mich in die Duschkabine, wo im selben Moment, da mich die Sensoren aufspürten, warmes Wasser aus der Wand schoß. Der Fernsehempfänger ging blinzelnd an — es lief das Programm *Ertragen wir einen weiteren Tag.* Unter den Scheinwerfern des Studios wilde Grimassen schneidend, diskutierte der Staatssekretär im Imperialistischen Amt die zunehmende Einbeziehung unserer Stadt in den Hegelschen Bürgerkrieg. »Bis jetzt sind über viertausend veritasianische Kampfeinheiten ums Leben gekommen«, bemerkte der Interviewer, während ich mich mit Bourgeois-Seife einschäumte. »Ein sinnloser Verlust«, antwortete der Staatssekretär vergnügt. »Unsere Politik läßt sich unmöglich mit rationalen Argumenten begründen, und aus diesem Grund haben wir angefangen, den Nationalen Sicherheitsdienst und anderen Nichtsnutze einzuberufen.«

Ich verließ die Duschkabine und tapste mit nacktem Hintern ins Schlafzimmer. Kleider waren natürlich per se betrügerisch, doch Nacktheit erforderte ein spezielles Maß an Kompromißbereitschaft; sie stellte eine fortwährende schweigende Aussage der Provokation und eine eindeutige Aufforderung dar. Ich zog mich an. Nichts Unaufrichtiges: Unterwäsche, ein kragenloses Hemd, einen grauen Anzug im Stil des Zeitalters der Lügen mit abgeschnittenen Aufschlägen. Unsere Wohnung war von ähnlicher Kargheit, auf den Kern der Redlichkeit beschränkt. Viele unserer Freunde hatten Vorhänge, Tapeten und Teppiche, Helen und ich jedoch nicht. Wir waren von patriotischer Gesinnung.

Der Gestank von abgestandenem Urin schlug mir entgegen, als ich mich dem Aufzug näherte. Welch unseliger Umstand, daß einige Leute das Verbot von sexuell entfremdeten Ruheräumen — INTIMITÄT IST EINE LÜGE, wie uns das blinkende Plakat an der Voltaire-Allee immer wieder ins Gedächtnis rief — in eine allgemeine Angst vor Toiletten umgesetzt hatten. Hatten sie nichts von Volksgesundheit gehört? Volksgesundheit war etwas Harmloses.

Ich fuhr hinunter, durchquerte die Eingangshalle, verkapselte mich in der Drehtür und trat in Veritas' dicke, schmutzige Luft hinaus. Mit rußschwarzem Dreck bespritzt stand mein Adäquat auf der anderen Seite der Zweiundachtzigsten Straße. In früheren Zeiten, so hatte ich gehört, konnte man nie sicher sein, daß man seinen Wagen am Morgen undemoliert vorfand oder auch nur an der Stelle, wo man ihn für die Nacht abgestellt hatte. Die Unehrlichkeit war damals so zügellos, daß man den Motor mit einem Schlüssel anließ.

Ich rauschte an den großartig funktionellen Blöcken vorbei, die das Rathaus darstellten, und erreichte kurz vor Mittag die Marktgegend. Gott sei Dank bot sich ein Parkplatz direkt vor Mollys Reichlich Teurem Spielzeugladen — welche Freude die Leere bereiten kann, grübelte ich, welche Befriedigung ein Nichts.

»Na, *Sie* sind aber mal ein hübsches Kerlchen!« säuselte eine habichtgesichtige Verkäuferin, als ich durch die Tür von Mollys Spielzeugladen trat. Teure Marionetten baumelten von der Decke wie die Opfer eines Massenlynchens. »Natürlich nur, wenn man von diesem Kinn absieht.«

»Ihr Körper ist einigermaßen erregend«, entgegnete ich und ließ den Blick verstohlen an der Verkäuferin auf und ab gleiten. Ein Bertrand-Russell-Universität-T-Shirt spannte sich über ihren Brüsten. Eine schmutzigweiße Hose hielt die Schenkel gefangen. »Aber diese Nase«, fügte ich verzweifelt hinzu. An einen Bürger dieser wahrheitsbesessenen Stadt wurden hohe Anforderungen gestellt.

Sie deutete auf meinen Ehering, und ihre Miene

wurde mürrisch. »Was führt Sie her? Brauchen Sie etwas für die wesentlich jüngere Schwester Ihrer Gemahlin?«

»Meine Nichte wird heute gebrannt.«

»Und Sie haben bis zum letzten Tag gewartet, um ihr ein Geschenk zu kaufen?«

»Stimmt.«

»Rollschuhe sind zur Zeit beliebt. Letzten Monat haben wir fünfzehn Paar verkauft. Drei wurden als fehlerhaft zurückgebracht.«

»Zeigen Sie mir, wo ich sie finde.«

Ich folgte ihr zwischen Gestellen mit Baseballhandschuhen und Plüschtieren hindurch bis zu einem Behälter voller Rollschuhe, alles neue sechsrädrige Typen mit Miniaturdüsen in den Fersen. »Die Riemen reißen in zehn Prozent der Fälle«, gestand die Verkäuferin. »Letzten April ist ein Antrieb explodiert — vielleicht haben Sie die Geschichte im Fernsehen gesehen —, und wissen Sie, was mit dem armen Mädchen geschah? Sie wurde in einen Abzugskanal geschleudert, brach sich den Schädel und starb.«

»Ich glaube, Connie mag Gelb«, sagte ich und nahm ein Paar Rollschuhe heraus, die die Farbe von Mutterns Mittelmäßiger Margarine hatten. »Ist das eine Einheitsgröße, die immer paßt?«

»Mehr oder weniger.«

»Kosten sie bei Ihnen soviel wie anderswo?«

»Sie können die gleichen bei Marquand für zwei Dollar weniger bekommen.«

»Hab keine Zeit. Können Sie sie als Geschenk einpacken?«

»Ich bin nicht geschickt darin.«

»Gekauft.«

Ich hatte Gloria versprochen, daß ich nicht nur zu Connies Party nach der Behandlung kommen würde — ich würde auch dem Brand beiwohnen und mein Bestes tun, um die Moral der Kleinen zu stärken. Normalerweise waren beide Elternteile dabei, doch dieser erbärmliche Mensch Peter Raymond scherte sich einfach nicht darum. »Ich habe im Zoo Eltern gesehen, die sich besser um ihre Kinder gekümmert haben«, pflegte Helen gern über meinen Ex-Schwager zu sagen. »Ich kenne Warzenschweine, die bessere Väter sind.«

In beinahe jedem Stadtteil gab es ein Brand-Hospital, doch Gloria hatte auf dem besten bestanden, dem Veteranenschock-Institut im Bezirk Spinoza, ein rauchgefleckter Stapel von Backsteinen mit Blick auf die Giordano Bruno-Brücke. Beim Eintreten bemerkte ich eine große Anzahl von Zehnjährigen, die sich im zentralen Aufenthaltsbereich tummelten; das Ganze sah mehr nach einem Bahnsteig aus als nach dem Wartezimmer einer Klinik. Die Mädchen drängten sich zu nervösen, schwatzenden Trauben zusammen und versuchten, einander Mut zuzusprechen, die Jungen lenkten sich mit albernen Schießereien und pseudogewalttätigen Spielen zwischen eingetopften Palmen ab und taten so, als hätten sie keine Angst vor dem, was ihnen bevorstand.

Ich klemmte mir die lieblos eingepackten Rollschuhe unter den Arm und stieg zum zweiten Stock hinauf. WARNUNG: DIESER AUFZUG WIRD VON LEUTEN GEWARTET, DIE IHREN JOB HASSEN. BENUTZUNG AUF EIGENE GEFAHR.

Meine Nichte befand sich bereits in ihrer Glaszelle, mit einem grünen Kittel bekleidet und mit Lederriemen an den Stuhl geschnallt; eine Elektrode war an ihrem linken Arm befestigt, eine weitere an ihrem rechten Bein. Schwarze Drähte kamen aus Kupferterminals wie die Fäden einer ekelhaften, giftigen Spinne, die zu Tobys Schützlingen hätte gehören können. Sie begrüßte mich mit einem tapferen Lächeln, und ich deutete auf ihr Geschenk, in der Hoffnung, ihre Stimmung zu heben, wenn auch nur kurz.

Ein gedrungener, pausbäckiger Arzt, an dessen Kittel ein Namensschild mit der Aufschrift MERRICK geheftet war, betrat mit einem Klemmblock in der Hand die Zelle und stülpte meiner Nichte einen Kupferhelm über die Hirnschale. Ich machte ihr mit hochgerecktem Daumen ein aufmunterndes Zeichen. Bald wird es vorbei sind, Kindchen — Schnee ist heiß, Gras ist purpurn, all diese Dinge.

»Danke, daß du gekommen bist«, sagte Gloria, während sie mich am Arm nahm und in die Beobachtungskabine führte. »Wie geht's der Familie?«

»Ein Kaninchen hat Toby angegriffen.«

»Ein *Kaninchen?*«

»Und dann ist es gestorben.«

»Ich bin froh, daß außer mir noch jemand Probleme hat«, gab sie zu.

Meine Schwester war eine ziemlich attraktive Frau — glänzende schwarze Haare, eine unverfälscht samtene Haut, ein besser geformtes Kinn als meins — aber heute sah sie scheußlich aus: die Vorfreude, die Angst. Ich habe es buchstäblich miterlebt, als ihre Ehe in die Brüche ging. Wir drei saßen im *Suff am Morgen*, und plötzlich sagte sie zu Peter: »Ich mache mir manchmal Sorgen, daß du vielleicht mit Ellen Lambert ins Bett gehst — tust du das?«

Und Peter sagte: ja, das tue er. Und Gloria sagte: du Wichser. Und Peter sagte: stimmt, das auch. Und Gloria fragte: wie viele sonst noch. Und Peter sagte: viele. Und Gloria fragte: warum — um die Ehe zu stärken? Und Peter sagte: nein, er habe einfach Spaß daran, in andere Frauen zu spritzen.

Nachdem Merrick Connies rostfarbene Ponyfrisur getätschelt hatte, gesellte er sich zu uns in die Kabine. »Morgen, Leute«, sagte er, und seine Fröhlichkeit war eine fragwürdige Mischung aus echt und erzwungen. »Wie geht es uns hier so?«

»Interessiert Sie das wirklich?« fragte meine Schwester.

»Schwer zu sagen.« Der Arzt wedelte sich mit seinem Klemmblock Luft zu. »Ihr Ehemann?«

»Bruder«, erklärte Gloria.

»Jack Sperry«, stellte ich mich vor.

»Ich bin froh, daß Sie gekommen sind, Sperry«, sagte der Arzt. »Wenn nur ein Familienmitglied hier dabei ist, werden uns die Kinder manchmal wahnsinnig.« Merrick schob Gloria den Klemmblock hin. »Informiert und einverstanden, ja?«

»Man hat mich über die möglichen Nebenwirkungen aufgeklärt.« Sie studierte den Block. »Herz ...«

»Herzstillstand, Hirnblutung, Atemversagen, Nierenschädigung«, rasselte Merrick herunter.

Gloria kritzelte ihre Unterschrift darunter. »Wann ist das letztemal so etwas geschehen?«

»Am Dienstag haben sie einen kleinen Jungen drüben im Veritas Memorial getötet«, antwortete Merrick, während er sich zum Schaltbrett schlängelte. »Ein Ausrutscher, aber hin und wieder langen wir auch so richtig hin. Alle bereit?«

»Nicht so ganz«, sagte meine Schwester.

Merrick drückte auf einen Knopf, und SCHWEINE HABEN FLÜGEL tauchte auf einem hellen Tachistoskop-Bildschirm vor meiner Nichte auf. Beim Anblick dieser falschen Behauptung zuckten der Arzt, Gloria und ich gleichzeitig zusammen.

»Kannst du mich hören, Mädchen?« erkundigte sich Merrick übers Mikrofon.

Connie öffnete den Mund, und ein schwaches ›Ja‹ tröpfelte aus dem Lautsprecher.

»Siehst du diese Worte?« fragte Merrick. Die leuchtend roten Buchstaben schwebten in der Luft wie erschöpfte Schmetterlinge.

»J-ja.«

»Wenn ich dir den Befehl gebe, dann lies sie laut vor.«

»Wird es weh tun?« stammelte meine Nichte mit zitternder Stimme.

»Es wird schrecklich weh tun. Wirst du diese Worte vorlesen, wenn ich es sage?«

»Ich habe Angst. Muß ich es tun?«

»Du mußt.« Merrick legte einen fleischigen Finger auf den Schalter. »Jetzt!«

»Sch-schweine haben Flügel.«

Und so fing es an, diese Läuterung des menschlichen Bewußtseins, dieser elektrokonvulsive Ritus des Übergangs. Merrick hackte auf die Knöpfe ein. Die Volts zischten durch Connie. Sie stieß einen schrillen Schrei aus und wurde weiß wie Gips.

»Aber das stimmt nicht«, keuchte sie. »Schweine haben keine ...«

Die Erinnerung an die Prozedur meines eigenen Gebranntwerdens kehrte zurück. Die Schmach, die Qual.

»Du hast recht, Mädchen — sie haben keine.« Merrick drehte feinfühlig an der Volt-Einstellung, und Gloria zuckte zusammen. »Du hast deine Sache ziemlich gut gemacht«, fuhr der Arzt fort und reichte meiner Schwester das Mikrofon.

»Ja, Connie«, sagte sie. »Mach weiter in diesem schrecklich guten Stil.«

»Es ist ungerecht.« Schweißtropfen standen auf Connies Stirn. »Ich möchte nach Hause.«

Während Gloria das Mikrofon wieder abgab, projizierte das Tachistoskop SCHNEE IST HEISS. Mein Gehirn bäumte sich bei dieser Lüge auf.

»So, Mädchen! Lies laut vor!«

»Sch-schnee ist … h-heiß.« Blitze zuckten. Connie stieß ein Geheul aus. Blut floß über ihre Unterlippe. Während meines eigenen Gebranntwerdens hatte mich mir buchstäblich halb die Zunge durchgebissen. »Ich will nicht mehr«, winselte sie.

»Du hast keine Wahl, Mädchen.«

»Schnee ist *kalt.*« Tränen vernetzten Connies Sommersprossen. »Bitte hört auf, mich zu quälen.«

»Kalt. Richtig. Kluges Mädchen.« Merrick schaltete die Stromstärke höher. »Fertig, Connie? Es geht weiter.«

PFERDE HABEN SECHS BEINE.

»Warum muß ich das tun? *Warum?*«

»Alle tun es. All deine Freundinnen.«

»Pf-pferde haben … haben … sie haben *vier* Beine, Doktor Merrick.«

»Lies die Worte vor, Connie!«

»Ich hasse Sie! Ich hasse euch alle!«

»Connie!«

In wilder Jagd ging es weiter. Zapp! Zweihundert Volt. Das Mädchen hustete und würgte. Dicker weicher Schleim schoß aus ihrem Mund.

»Da ist zuviel!« ächzte Gloria. »Meinen Sie nicht, daß das zuviel ist?«

»Sie wollen doch, daß die Behandlung anschlägt, oder nicht?« entgegnete Merrick.

»Mami! Wo ist meine Mami?«

Gloria riß das Mikrofon an sich. »Hier, mein Liebling, hier bin ich.«

»Mami, sag ihnen, sie sollen aufhören.«

»Das kann ich nicht, mein Liebling. Du mußt versuchen, tapfer zu sein.«

Die vierte Lüge tauchte auf dem Bildschirm auf. Merrick drehte die Stromstärke höher. »Lies vor, Mädchen!«

»Nein!«

»Lies vor!«

»Onkel Jack! Ich will mit Onkel Jack sprechen!«

Meine Kehle zog sich zusammen, mein Magen schmerzte. »Du machst es ganz gut, Connie«, sagte ich, nachdem ich das Mikrofon gepackt hatte. »Ich glaube, dein Geschenk wird dir gefallen.«

»Bring mich nach Hause!«

»Ich habe dir etwas einigermaßen Schönes gekauft.«

Connie verzog das Gesicht zu unzähligen Falten. »Steine!« schrie sie und spuckte Blut. »Sind«, fuhr sie hartnäckig fort. »Lebendig!« Sie zappelte wie eine Flunder auf dem Trockenen, ein Krampf folgte dem anderen. Ein ausgedehnter Urinfleck verunzierte ihren Kittel, und trotz des nach Vorschrift verabreichten Klistiers tropfte eine braune Flüssigkeit von dem Saum.

»Ausgezeichnet!« Merrick steigerte die Strafe auf dreihundert Volt. »Das Ende ist in Sicht, Kind!«

»Nein! Bitte! Bitte! Aufhören!« Schaum trat aus Connies Mund.

»Du hast fast die Hälfte geschafft!«

»Bitte!«

Das Tachistoskop schoß weiter. Connie log weiter: eine falsche Aussage nach der anderen, ein Schock nach dem anderen — wie eine Salve von Geschossen, die durch ihre Nerven flitzten und in ihrem Gehirn explodierten. Meine Nichte behauptete, daß Ratten

Katzen jagen. Sie log hinsichtlich des Geldes und erklärte, es wachse auf Bäumen. Der Papst ist ein Jude, verkündete Connie beharrlich. Gras ist purpurn. Salz ist süß.

Als die letzte Lüge auf dem Bildschirm auftauchte, fiel sie in Ohnmacht. Noch bevor Gloria schreien konnte, war Merrick in der Glaszelle und prüfte den Herzschlag des Kindes. Eine mißgünstige Bewunderung durchsickerte mich. Der Arzt hatte eine Arbeit zu erledigen, und er erledigte sie.

Eine kleine Dosis Ammoniumkarbonat brachte Connie wieder zu sich. Während Merrick ihr Gesicht sanft dem Bildschirm zudrehte, wandte er sich an mich. »Fertig?«

»Hm? Wollen Sie, daß ich ...?«

»Drücken Sie, wenn ich es sage.«

Zögernd legte ich einen Finger auf den Schalter. »Ich würde es lieber nicht tun.« Wirklich. Ich hatte nicht besonders viel für Connie übrig, aber ich wollte nicht, daß ihr Schmerzen zugefügt wurden.

»Fertig, Connie«, murmelte Merrick.

»Ich k-kann nicht.« Blut und Speichel vermischten sich auf Connies Kinn. »Ihr alle haßt mich. Mami haßt mich!«

»Ich mag dich beinahe ebenso, wie ich mich selbst mag«, sagte Gloria, wobei sie sich mir über die Schulter beugte. »Du wirst eine zufriedenstellende Party haben.«

»Nur noch eine, Connie«, sagte ich zu ihr. »Noch eine einzige, dann bist du Bürgerin der Stadt.« Der Schalter unter meinem Finger fühlte sich scharfkantig und heiß an. »Eine höchst zufriedenstellende Party.«

Ein einsamer Tropfen kullerte über Connies Wange und hinterließ eine Spur wie eine der von Toby geliebten Schnecken. Dies würde, so wurde mir klar, das letzte Mal in ihrem Leben sein, daß sie weinte. Das war die Folge eines Gehirnbrandes; er sog alle zerstörerischen und chaotischen Säfte aus einem heraus: Gefühle, Illusionen, Mythen, Tränen.

»Hunde können sprechen«, sagte sie, kurz bevor ich ihr Herz mit Wechselstrom durchbohrte.

Und es war wirklich eine höchst zufriedenstellende Party, die sich im gesamten Besuchersalon abspielte und sich bis in die Eingangshalle ausbreitete. Connies vier ältere Schwestern kamen allesamt, zusammen mit ihrem Literaturlehrer und acht ihrer Freundinnen, von denen die Hälfte in diesem Monat und eine am vorangegangenen Tag behandelt worden waren. Sie tanzten den *Aufrichtigen,* während von einer CD die neuesten Hits der Gruppe *Redlichkeit* durch die Station schallten:

»Wenn der Himmel grau ist und der Regen fällt,
dann stehe ich gern an der Fensterscheibe,
Und sehe zu, wie jeder Regentropfen zerschellt,
und freue mich, weil ich trocken bleibe.«

Die Klinik stellte die Erfrischungen zur Verfügung — eine Kiste mit *Olgas OK-Orangensaft,* einen Bottich Eiscreme von *Miese Mixgetränke* und eine Platte Schokolade von der Größe eines riesigen Fußabstreifers. Mir fiel auf, daß die Mädchen alle sehr mäßig aßen und ihre Eiscreme zu Suppe schmelzen ließen. Künstlich herbeigeführte Schlankheit war natürlich verpönt, doch das war kein Grund, sich zu einem Fettwanst zu mästen.

Die Zeremonie des Geschenke-Überreichens enthielt einen unangenehmen Augenblick: nachdem sie die erwartete Folge von Überschuhen, Nachschlagewerken, Schirmen und Baumwollblusen ausgepackt hatte, öffnete Connie ein Paket mit einem naturgetreuen, voll beweglichen Modell eines Vergnügungsparks — Glücksland hieß er, komplett mit Achterbahn, Riesenrad und Karussell. Sie erblaßte, von jener Angst ergriffen, die jemand, der gerade den Gehirnbrand durchgemacht hatte, unweigerlich beim Anblick von irgend etwas Elektrischem empfinden mußte. Sie schlug sich die flache Hand vor den Mund und eilte ins Bad. Die Freundin, die ihr den Miniatur-Vergnügungspark mitgebracht hatte, ein schlankes Mädchen mit gekräuseltem Haar namens Beth, errötete vor Reue. »Ich hätte daran denken sollen«, stöhnte sie.

War Glücksland eine Lüge? überlegte ich. Es gab vor, ein Vergnügungspark zu sein, doch es war keiner.

»Ich bin so dumm«, jammerte Beth.

Nein, entschied ich, es gab lediglich vor, die Nachahmung eines Vergnügungsparks zu sein, was es tatsächlich war.

Connie taumelte aus dem Bad. Schweigen senkte sich über die Anwesenden wie plötzlich fallender Schnee — nicht der heiße Schnee eines Gehirnbrandes, sondern der kalte, durchfeuchtende Schnee der objektiven Welt. Füße scharrten, man räusperte ich. Die Party hatten offenkundig ihren Schwung verloren. Jemand sagte: »Wir alle haben uns einigermaßen gut unterhalten, Connie«, und damit war die Sache beendet.

Als ihre Freundinnen und Schwestern aufbrachen, umarmte Connie sie mit echter Zuneigung (außer im Fall von Alice Lawrence, die sie offensichtlich nicht leiden konnte) und bedankte sich bei jeder sehr persönlich, ohne durcheinanderzubringen, wer ihr was geschenkt hatte. Eine so erwachsene junge Dame! dachte ich. Doch ihre großartigste Darstellung von Reife gab sie, als ich mich von ihr verabschiedete.

»Paß auf dich auf, Connie.«

»Danke, daß du gekommen bist, Onkel, und danke für die Rollschuhe. Ich habe zwar schon welche, die besser sind als die von dir; wahrscheinlich werde ich sie gegen einen Pullover eintauschen.«

Jetzt war sie Bürgerin der Stadt. Ich war stolz auf sie.

Als ich in unsere Wohnung zurückkehrte, sah ich, daß der Anrufbeantworter blinkte. Dreimal Blinken, Pause; dreimal Blinken, Pause; dreimal Blinken, Pause. Ich holte mir eine Flasche von Pauls Erträglichem Bier aus dem Kühlschrank und köpfte sie. Dreimal Blinken, Pause. Ich nahm einen erträglichen Schluck. Und noch einen. Die Strahlen der Spätnachmittagssonne fluteten durch das Küchenfenster herein und tauchten unsere wichtigsten Haushaltsgeräte in jenes schillernde Orange, das man sieht, wenn einem die Sonne auf die geschlossenen Augen scheint. Ich trank mein Bier vollends aus.

Dreimal Blinken, Pause; dreimal Blinken, Pause: ein abgehacktes, beharrliches Signal — ein Hilfeschrei, wie mir rückblickend klar ist, wie ein optischer Notruf, ausgesandt von einem sinkenden Schiff.

Ich drückte auf WIEDERGABE. Toby hatte unseren Ansagetext verfaßt und produziert, und er war auch der Sprecher:

Wir wollen gern mit Ihnen sprechen, ich und meine Leute,
und rufen zurück, wenn's geht, noch heute;
sprechen Sie nach dem Piepton,
wir melden uns dann recht bald schon.

Piep, und eine schroffe männliche Stimme knallte in die Küche. »Eine spaßige Ansage, könnte man sagen — ungefähr das, was ich von einem Siebenjährigen erwartet hatte. Hier ist Dr. Bamford vom Kraft-Institut, und ich nehme an, ich spreche mit den Eltern von Toby Sperry. Nun, wir haben die Ergebnisse. Der Hobs Hase, der Ihren Sohne gebissen hat, war in hohem Maße mit der Xavierschen Krankheit verseucht, einem seltenen und fatalen Virus. Wir haben die Probe an Dr. Prendergorst am Zentrum für Lindernde Behandlung von Hoffnungslosen Krankheitsfällen im Bezirk Locke geschickt. Wenn Sie irgendwelche Fragen haben, fühle ich mich nur geringfügig gestört, wenn Sie mich anrufen. Von jetzt an liegt die Angelegenheit jedoch im wesentlichen in den nichtwörtlichen Händen jenes Zentrums.« *Piep.* »Hier spricht John Prendergorst, Zentrum für Lindernde Behandlung von Hoffnungslosen Krankheitsfällen. Inzwischen ist Ihnen bestimmt Bamfords vorläufiger Bericht zugegangen, und er wurde gerade erst von Hoffnungslos bestätigt. Bitte rufen Sie mich an, sobald Sie können, dann werden wir einen Termin für ein Gespräch ausmachen, doch ich fürchte, kein noch so langes Gespräch kann an der Tatsache etwas ändern, daß die Xaviersche Seuche hundertprozentig fatal verläuft. Wir werden Ihnen die Statistik zeigen.« *Piep.* »Hallo. Hier ist Helen. Ich bin in der Redaktion und arbeite an diesem Artikel über Neuropathologie der spirituellen Besessenheit. Es sieht so aus, als würde es ein langer Tag und eine noch längere Nacht. Im Kühlschrank ist noch etwas Hähnchen.«

Meine Reaktion erfolgte unverzüglich und instinktiv. Ich eilte ins Arbeitszimmer, griff nach Helens ungekürztem Lexikon und schlug bei ›fatal‹ nach; ich war erpicht darauf zu entdecken, wie ungenau dieser

Begriff angewandt wurde, was für Prendergorsts Berufsstand typisch war. Wenn der Arzt ›fatal‹ sagt, so entschied ich, dann meint er nicht *fatal*, sondern etwas viel Hintergründigeres und Vorteilhafteres.

fast
fasten
Fastnacht, die
fatal (vom Schicksal bestimmt, verhängnisvoll)
Fatalismus, der
Fatalist, der
Fatalität, die

Nein. Das Lexikon log. Nur weil Prendergorsts Voraussage pessimistisch war, war sie noch lange nicht *wahr.*

Fata Morgana, die (eine durch Luftspiegelung verursachte Täuschung)

Und tatsächlich bot sich meinem erschütterten Gehirn jetzt eine Vision: eins der wenigen Exemplare der Zeitschrift *Psychische Heilmethoden,* das ich beschlossen hatte zu verschonen, eine Sonderausgabe zum Thema Psychoneuroimmunologie; sein Titel zeigte zwei Strahlen aussendende Hände, die ein menschliches Herz massierten.

Fatuität, die (Albernheit, Blödsinn)

Psychoneuroimmunologie war keine Albernheit, hatte ich entschieden — zumindest nicht zur Gänze. Selbst die nüchternen Texte in der Zeitschrift leugneten nicht die wissenschaftliche Bedeutung von Heilmethoden, die auf der Verbindung von Geist und Körper beruhten.

Es gab also Hoffnung. O ja, Hoffnung. Ich würde die Datenspeicher der Stadt durchstöbern, das gelobte ich. Ich würde alle Fälle in Erfahrung bringen, bei denen jemand eine fatale Krankheit dadurch besiegt hatte, daß er die zweifelhaften Kräfte seines eigenen Nervensystems angezapft hatte. Ich würde mich kundig machen in den Bereichen ›plötzliches Nachlassen von Krankheiten‹, ›unerwartete Heilung‹ und ›Systematik von Wundern‹.

Fatum, das
Faust, die
Fausse, die
Faxe, die (*mst. Plural,* Spaß)

Denn, sehen Sie, es war so: an seinem fünften Geburtstag hatten wir Toby in den Garten Der Gefangenen Tiere im Bezirk Spinoza mitgenommen. Junge Rehe streiften nach Lust und Laune durch das Tiergehege, auf ihren Paarzeherhufen umherstolzierend, die Nasen vorgereckt auf der Suche nach ausgestreckten Händen. Überall wimmelten Kinder im Vorschulalter herum, fütterten die Geschöpfe mit Erdnußbruch, kicherten und machten Faxen, wenn die gierigen Zungen ihnen über die Handflächen fuhren. Wenn ein anderes Kind lachte, weil es auf diese Weise abgeleckt wurde, war ich nicht besonders berührt. Sobald mein Kind dasselbe tat, empfand ich etwas vollkommen anderes, etwas schwer zu Beschreibendes.

Ich glaube, ich sah den angeblichen Gott.

3

Passenderweise hatte das Zentrum für Lindernde Behandlung von Hoffnungslosen Krankheitsfällen einen hoffnungslosen Standort, ein felsiges Vorgebirge, das vom südlichen Ende des Bezirks Locke in das unruhige, bleierne Wasser der Becket-Bucht hinausragte. Wir kamen am Sonntag gegen Mittag an; Helen fuhr, ich wies den Weg, die Karte von Veritas auf den Knien, deren Oberfläche so von Knittern und Löchern gescheckt war, daß sie die Nachwirkungen einer Bombardierung zu zeigen schien. Einige hin- und hergefaltete Endlos-Computerausdrucke lagen auf dem Rücksitz, die Früchte meiner Forschungen im Bereich der Psychoneuroimmunologie und des Zusammenhangs zwischen Geist und Körper. Ich wußte jetzt alles über Wunder. Ich war Experte für das Unmögliche.

Wir stellten den Wagen auf dem Besucherparkplatz ab. Ich klemmte mir die Ausdrucke unter den Arm und folgte Helen über den Schotterboden. Das Gebilde, das düster vor uns aufragte, war gewaltig und bedrohlich, Schicht über Schicht von schmaler werdenden Betonstockwerken, überzogen mit schmutzigem Putz, als ob Prendergorsts Reich ein Hochzeitskuchen wäre, am Beginn einer Ehe, deren Bestimmung es war, in Mißbrauch der Ehefrau und Mord zu enden.

In der Eingangshalle empfing uns eine beschriftete Säule: ACHTUNG: WIR WISSEN, DASS DIE GESTALTUNG HIER NICHTS DAZU BEITRÄGT, IH-

REN KUMMER UND IHRE VERZWEIFLUNG ZU MINDERN. SCHREIBEN SIE AN DEN ABGEORDNETEN IHRES BEZIRKS. WIR WÜRDEN GERN EINE ORDENTLICHE BELEUCHTUNG ANBRINGEN UND DIE WÄNDE STREICHEN. Eine Krankenschwester mit Borstenkinn sagte uns, daß Dr. Prendergorst — »Sie werden ihn an seinen Augen erkennen, sie sehen aus wie eingelegte Zwiebeln« — uns im elften Stock erwartete.

Wir betraten den Aufzug, eine stickige Kiste voll finster dreinblickender Männer und Frauen, wie ein Viehfrachter, der Kriegsflüchtlinge von einem von Chaos und Katastrophen gebeutelten Gebiet zum anderen transportierte. Ich griff nach Helens Hand. Die Geste ging daneben. Glitschig von Schweiß rutschte meine Hand aus der Helens weg.

Im Wartezimmer des elften Stocks wartete niemand; es war ein düsterer Winkel, vollgestellt mit allzu üppigen Sesseln und versehen mit Metallgravuren von berühmten Krebsopfern; eine Galerie, die in der Geschichte bis zu Jonathan Swift zurückreichte. Helen nannte dem Mann am Empfang unsere Namen, einem spindeldürren jungen Mann mit einem blühenden Akne-Garten auf den Wangen, der sich sofort an seinen Intercom begab und unsere Ankunft Prendergorst meldete, wobei er hinzufügte: »Sie sehen blaß und ängstlich aus.«

Wir setzten uns. Bestseller-Selbsthilfe-Bücher lagen auf dem kleinen Tisch herum. WIE SEX EIN BISSCHEN MEHR SPASS MACHEN KANN. WIE FINDE ICH EIN GEWISSES MASS AN INNEREM FRIEDEN? DIE UNSICHERE WEISSENBERG-DIÄT ... »Wir haben ein miserables System, nicht wahr?« krähte der Mann am Empfang hinter seiner Theke hervor. »Er ist dort drin, Sie sind hier draußen. Er scheint wichtig zu sein, Sie nicht. Er läßt sie warten — Sie warten. Die ganze Szene ist so angelegt, um sie zu demütigen.«

Ich tat grunzend meine Zustimmung kund. Helen sagte nichts.

Eine Tür öffnete sich. Ein kleiner, beleibter, zwiebeläugiger Mann in einem weißen Laborkittel kam heraus, begleitet von einem Paar in den Fünfzigern — einer schwabbelige Frau in einem häßlichen beigefarbenen Kleid und ihr ebenso fetter, ebenso unförmiger Ehemann: zerknitterte Golfmütze, viel zu großes Polyester-Polohemd, ausgebeulte Cordhose; sie sahen aus wie ein Paar Bücherstützen, die beim Flohmarkt übriggeblieben waren. »Mehr als das kann ich Ihnen nicht sagen«, verkündete Prendergorst ihnen mit gedämpfter, lauwarmer Stimme. »Ein Hickman-Katheter ist zu diesem Zeitpunkt der beste Schritt.«

»Sie ist unser einziges Kind«, jammerte die Frau.

»Leukämie ist ein harter Brocken«, sagte Prendergorst.

»Sollten Sie nicht eingehendere Untersuchungen anstellen?« fragte der Ehemann.

»Vom medizinischen Standpunkt aus — nein. Aber wenn es Ihnen ein besseres Gefühl gibt ...«

Das Ehepaar tauschte knappe, schmerzerfüllte Blikke. »Nein, würde es nicht«, sagte die Frau und schlurfte davon.

»Stimmt«, bestätigte der Mann und folgte ihr.

Kurz darauf befanden wir uns in Prendergorsts Büro. Helen und ich saßen auf Klappstühlen aus Metall, während der Doktor sich standesgemäß hinter einem gigantischen Schreibtisch aus eingelegtem Kirschbaumholz niedergelassen hatte. »Würden Sie Ihr Gemüt gern mit etwas Zucker versüßen?« fragte er und bot uns eine Kiste mit Bonbons an.

»Nein«, sagte Helen tonlos.

»Ich nehme an, der erste Schritt besteht darin, die Diagnose zu bestätigen, richtig?« sagte ich, während ich mir eine Praline aus dunkler Schokolade schnappte. Ich biß durch die äußere Hülle. Weinbrand tröpfelte mir in die Kehle.

»Wenn Ihr Sohn aus dem Lager zurückkehrt, werde ich eine nichtssagende Blutprobe entnehmen«, sagte Prendergorst und schob einen offenen Aktenordner über seinen Schreibtisch. Unter Tobys Name war ein häßliches Foto des dahingeschiedenen Hasen unter die Innenseite des vorderen Umschlags geschoben worden; sein Körper war durch die Autopsie auf ein Fell mit Eingeweiden reduziert worden. »Das Muster, das man uns geschickt hat, war gespickt mit Viren«, sagte der Doktor. »Die Chance, daß Toby nicht infiziert ist, dürfte eins zu einer Million sein.« Er schlug die Akte mit einer schwungvollen Handbewegung zu und ließ sie in die oberste Schublade seines Schreibtischs gleiten. »Daß ein Kaninchen Ihr Kind umbringt, ist einigermaßen absurd, finden Sie nicht? Eine Schlange wäre sinnvoller, oder eine Spinne der Art Schwarze Witwe, selbst eine jener giftigen Kröten — mir fällt nicht ein, wie sie heißen. Aber ein Kaninchen ...«

»Mit was für einer Therapie haben wir es also zu tun?« fragte ich. »Ich hoffe, sie ist nicht allzu kräftezehrend.«

»Wir haben es mit überhaupt keiner Therapie zu tun, Mr. Sperry. Im besten Falle können wir die Schmerzen Ihres Sohnes bis zu seinem Tod lindern.«

»Toby ist erst sieben Jahre alt«, sagte ich, als ob ich ein Rechtsanwalt wäre, der einen Gouverneur um Gnade für seinen minderjährigen Klienten bat. »Er ist erst sieben Jahre alt.«

»Ich glaube, ich werde dieses verdammte Lager verklagen«, zischte Helen.

»Sie würden verlieren«, sagte Prendergorst und reichte ihr eine dicke Broschüre mit weißen Buchstaben auf schwarzem Papier. DIE XAVIERSCHE SEUCHE UND VERWANDTE SYNDROME — GANZ SCHLECHTE AUSSICHTEN. »Ich wünschte, mir würde einfallen, wie diese Kröten heißen.«

Hätte mein Gehirnbrand mir nicht alle Sentimentalität und kitschige Gefühlsduselei ausgetrieben, hätte er meinen Tränenfluß nicht ausgetrocknet, dann hätte ich in diesem Augenblick hemmungslos geweint. Statt dessen tat ich etwas beinah so Ungewöhnliches. »Dr. Prendergorst«, begann ich, und meine Hände zitterten in meinem Schoß wie zwei frierende Taranteln, »ich gehe wohl recht in der Annahme, daß aus Ihrer Sicht die Chancen unseres Sohnes gleich Null sind.«

»Genau.«

Ich legte die Computerausdrucke auf Prendergorsts Schreibtisch. »Sehen Sie sich das an; über zwanzig Artikel aus *Das Holistische Gesundheits-Bulletin,* dazu das vollständige Protokoll der *Achten Jahreskonferenz über Psychoneuroimmunologie* sowie *Die Gesammelten Gedanken zum Fünften Internationalen Geist-Körper-Symposion.* Jede Mengen Geschichten von Menschen, die durch ihre Gedanken Herzkrankheiten besiegt, wuchernde Krebszellen mit geistigen Geschossen niedergemacht haben — was auch immer. Sicher haben Sie von solchen Fällen gehört.«

»In der Tat«, sagte Prendergorst eisig.

»Jack ... *bitte*«, stöhnte Helen und zuckte peinlich berührt zusammen. Meine Frau, die Reporterin von *Süße Vernunft.*

»Wunder geschehen«, sagte ich beharrlich. »Nicht

üblicherweise, und nicht verläßlich, aber sie geschehen.«

»Wunder sind *früher* geschehen«, erwiderte Prendergorst, während er einen Blick auf die Ausdrucke warf. »Diese Beweisstücke stammen alle aus der Alptraum-Ära — aus dem Zeitalter der Lügen. Inzwischen sind wir erwachsen.«

»Es geht grundsätzlich darum, den Patienten eine positive Perspektive zu geben«, erklärte ich.

»*Bitte!*« raunte Helen.

»Menschen können sich selbst heilen«, behauptete ich.

»Ich glaube, es ist Zeit, daß wir in die Wirklichkeit zurückkehren, Mr. Sperry.« Prendergorst schob die Ausdrucke weg, als ob sie mit dem Xavierschen Virus infiziert wären. »Ihre Frau ist offenbar derselben Ansicht wie ich.«

»Vielleicht sollten wir Toby nächste Woche nach Hause holen«, schlug Helen vor und wedelte sich mit der Broschüre Luft zu. »Je früher er es erfährt«, seufzte sie, »desto besser.«

Prendergorst zog eine Packung *Krebsroulettes* aus der Brusttasche seines Laborkittels. »Für wann ist die planmäßige Abreise Ihres Sohnes vorgesehen?«

»Für den Siebenundzwanzigsten«, sagte Helen.

»Die Symptome werden vor diesem Zeitpunkt nicht auftreten. Ich würde ihn lassen, wo er ist. Warum sollte man ihm den Sommer verderben?«

»Aber er wird in einer Lüge leben. Er wird herumlaufen und denken, daß er nicht sterben wird.«

»Wir alle laufen herum und denken, daß wir nicht sterben werden«, entgegnete der Doktor mit einem flüchtigen kleinen Lächeln. Er zog eine Zigarette heraus und legte die Packung an den Rand des Schreibtisches. ACHTUNG: DIE ALLGEMEINE KAMPAGNE

DER ÄRZTESCHAFT GEGEN DIESES PRODUKT KÖNNTE SIE VON DEN UNZÄHLIGEN BEREICHEN ABLENKEN, IN DENEN IHRE REGIERUNG BEIM SCHUTZ IHRER GESUNDHEIT VERSAGT. »Mein Gott, was für eine verdorbene Spezies sind wir doch! Ich erkläre Ihnen, Toby ist unheilbar krank, und gleichzeitig denke ich die ganze Zeit: He, mein Leben verläuft ziemlich angenehm, oder nicht? Von *meinen* Söhnen ist keiner vom Tod bedroht. Tatsache ist, daß ich mich an dem Leiden der Menschen in gewisser Weise ergötze.«

»Wann fangen die Symptome denn an?« Helen faltete die Seiten der Broschüre zu abartigen, gequält aussehenden Origami-Figuren. »Und was geschieht dann?«

»Zu Anfang nichts Dramatisches. Kopfweh, Gliederschmerzen, etwas Haarausfall. Vielleicht nimmt seine Haut eine bläuliche Verfärbung an.«

Helen sagte: »Und im weiteren Verlauf?«

»Seine Lymphknoten werden schmerzhaft anschwellen. Seine Lungenflügel werden sich wahrscheinlich mit *Pneumocystis carinii* füllen. Seine Temperatur ...«

»Hören Sie auf«, sagte ich.

Der Arzt steckte sich die Zigarette an. »Jeder Fall verläuft anders. Einige Xavier-Patienten siechen ein Jahr lang dahin, manche bringen es in weniger als einem Monat hinter sich. In der Zwischenzeit tun wir alles, was in unserer Macht steht, was nicht sehr viel ist. Demerol, intravenöse Ernährung, Antibiotika gegen die Sekundärinfektionen.«

»Wir haben genug gehört«, sagte ich.

»Das Schlimmste sind wahrscheinlich die Schüttelfröste.« Prendergorst zog an seiner Zigarette. »Man hat den Eindruck, als könnten Xavier-Patienten niemals warm werden. Wir wickeln sie in elektrische Decken, doch das bringt keine ...«

»Bitte, hören Sie auf!« flehte ich.

»Ich spreche lediglich die Wahrheit«, sagte der Arzt und stieß dabei einen zerfransten Rauchring aus.

Während des gesamten Heimwegs sprachen Helen und ich nicht miteinander. Nicht über Toby, nicht über die Xaviersche Seuche, nicht über Wunder — nichts.

Sonderbarer-, grausamerweise drehten sich meine Gedanken um Kaninchen. Wie ich in Zukunft ihre Gegenwart in meinem Leben nicht mehr würde ertragen können. Wie ich vor Zorn zittern würde, wenn meine Laufbahn es erfordern würde, daß ich ein Exemplar von *Peter Rabbit* oder eine Osterkarte mit der Abbildung eines grinsenden Häschens kritisieren müßte. Vielleicht würde ich sogar anfangen, mich an den Tieren zu vergehen, und eine Spur von geheimnisvollen verstümmelten Leichen auf meiner Bahn hinterlassen; ausgezupfte Barthaare, abgerissene Ohren, vom Rumpf getrennte und in den Mund der Tiere gesteckte Schwänze.

Totales Schweigen. Kein einziges Wort.

Wir betraten den Aufzug, drückten auf **30.** Die Kabine setzte sich mit einem plötzlichen Ruck in Bewegung und sauste hinauf, wie ein Perlentaucher, der der Luft zustrebt: zweiter Stock, siebter, zwölfter ...

»Wie fühlst du dich?« fragte ich schließlich.

»Nicht gut«, antwortete Helen.

»Nicht gut — ist das alles? Nicht gut — ich fühle mich schrecklich.«

»In meinem Fall wäre ›schrecklich‹ nicht das der Wahrheit entsprechende Wort.«

»Ich fühle mich verknotet und verdreht. Als wäre

ich ein Handschuh, und jemand hätte mein Inneres nach außen gestülpt« — eine Klingel ertönte, und über uns leuchtete die Zahl **30** auf — »und meine lebenswichtigen Organe, mein Herz und meine Lunge, sie sind nackt und ...«

»Du hast zu viele dieser Gedichte gelesen, die du vernichtest.«

»Ich hasse deine Kälte, Helen.«

»Du haßt meine Aufrichtigkeit.«

Ich trat aus der Kabine und schritt durch den Flur. Phantasie-Dialoge suchten meinen Geist heim — geisterhafte Worte, gespenstische Vokabeln, Szenen aus einer unerträglichen Zukunft.

— Dad, was sind das für Beulen unter meinen Armen?

— Geschwollene Lymphknoten, Toby.

— Bin ich krank, Dad?

— Kränker, als du dir vorstellen kannst. Du hast die Xaviersche Seuche.

— Werde ich wieder gesund?

— Nein.

— Wird es mir wieder wärmer werden?

— Nein.

— Werde ich sterben?

— Ja.

— Was geschieht, wenn man stirbt, Dad? Wacht man woanders wieder auf?

— Es gibt keinen objektiven Beweis für ein Leben nach dem Tod, und anekdotische Berichte aus dem Himmel können nicht von Wunschdenken, Selbsttäuschung und den Auswirkungen des Sauerstoffverlustes auf das Gehirn unterschieden werden.

Die Wohnung hatte sich gegen mich verschworen. Überall waren Echos von Toby, sie hatten das Wohnzimmer befallen wie das Virus, das sich jetzt in seinen Zellen vervielfältigte — ein Kinderstiefel, ein Dutzend verstreuter Spielsteine, eine Miniatur-Kreuzritterburg aus Balsaholz, die er am Tag vor seiner Abreise ins Lager gebaut hatte. »Wie gefällt sie dir, Dad?« hatte er gefragt, während er den letzten Turm an seinen Platz brachte. »Ich finde sie eher häßlich«, antwortete ich und zuckte bei der Wahrheit schmerzhaft zusammen. »Sie ist ziemlich krumm und schief«, fügte ich hinzu, während ich traurig die Tränen bemerkte, mit denen sich die Augen meines Sohnes füllten.

An der gegenüberliegenden Wand winkte mir das Panoramafenster zu. Ich ging über den teppichfreien Boden und drückte die Handflächen gegen das Glas. Kilometerweit entfernt leuchtete ein Neonzeichen auf der Spitze der Kathedrale am Galileo-Platz. ANGENOMMEN, GOTT EXISTIERT, DANN KÖNNTE JESUS SEIN SOHN GEWESEN SEIN.

Helen ging zur Bar und bereitete sich einen Dry Martini, den sie mit vier schaschlikartig auf einen Zahnstocher gespießten Oliven würzte. »Ich wünschte, unser Sohn müßte nicht sterben«, sagte sie. »Das ist mein ganz ehrlicher Wunsch.«

Ein seltsamer, unmöglicher Satz formte sich auf meiner Zunge. »Was auch geschieht, Toby wird die Wahrheit nicht erfahren.«

»Hm?«

»Du hast gehört, was Prendergorst gesagt hat — im Alptraum-Bereich zapfen die todgeweihten Patienten manchmal die natürlichen Heilkräfte ihres Körpers an. Es ist alles eine Frage der Einstellung. Wenn Toby glaubt, daß Hoffnung besteht, dann klingt die Krankheit vielleicht ab.«

»Aber es besteht keine Hoffnung.«

»Vielleicht doch.«

»Nein.«

»Ich werde zu ihm gehen und sagen: ›Junge, die Ärzte werden dich bald … die Ärzte werden dich in den nächsten Tagen … sie werden dich h … h …‹«

Heilen — doch statt dessen schaltete sich meine Konditionierung ein, mit einem Pochen wie von einem Vorschlaghammer im Schädel und einem heißen Krampf in der Brust.

»Ich kenne die Welt, Jack. Hör auf, dir etwas vorzumachen. Es ist unzivilisiert, so daherzureden.« Helen nippte an ihrem Martini. »Möchtest du auch einen?«

»Nein.«

Ich vertiefte mich in den Anblick des Metropolis-Panoramas mit seinen leuchtenden Türmen und glitzernden Wolkenkratzern, die sich in eine dunstige, sternenlose Nacht erhoben. In meinem verwirrten Gehirn nahm ein Plan Gestalt an, der so faßbar war wie nur irgendeine der Skulpturen, die ich je am Wittgenstein vernichtet hatte.

»Sie sind dort draußen«, sagte ich.

»Wer?«

»Sie können lügen. Vielleicht können sie *mir* auch beibringen zu lügen.«

»Du redest unvernünftiges Zeug, Jack. Ich wünschte, du würdest kein unvernünftiges Zeug reden.«

Jetzt war alles klar. »Helen, ich werde einer von ihnen werden — ich werde ein Schwindler werden.« Ich zog die Hand zurück und hinterließ den Abdruck meiner Handfläche auf dem Glas wie das Firmenzeichen eines Wahrsagers. »Und dann werde ich Toby davon überzeugen, daß er eine Chance hat.«

»Ich glaube nicht, daß das eine sehr gute Idee ist.«

»Irgendwie haben sie das Gebranntwerden überwunden. Und wenn *sie* das können, dann kann *ich* es auch.«

Helen nahm den Zahnstocher aus dem Martiniglas und schob sich die Oliven in den Mund. »In zwei Wochen wird Tobys Haar anfangen auszufallen. Ganz bestimmt wird er fragen, was das zu bedeuten hat.«

Zwei Wochen. War das die ganze Zeit, die mir zur Verfügung stand? »Ich werde ihm sagen: ›Das bedeutet gar n… n… nichts.‹ Eine ganz gewöhnliche Krankheit, werde ich ihm sagen. Eine Krankheit, die sich leicht behandeln läßt.«

»Jack — tu das nicht!«

Nur zwei Wochen. Schwache vierzehn Tage.

Ich rannte in die Küche und riß den Telefonhörer hoch. Ich muß dich unbedingt sehen, würde ich ihr sagen. Es geht nicht um Sex, Martina.

610-400.

Ich ließ dreimal klingeln, dann ertönte ein fernes Klicken, unheilvoll und hohl. »Der Anschluß, den Sie gewählt haben«, erklärte die aufgezeichnete Ansage in strengem, grabesernstem Ton, »ist außer Betrieb.« Meine Eingeweide wurden so hart und kalt wie ein Gletscher. »Wahrscheinlich ist die Rechnung nicht bezahlt«, fuhr die Stimme vom Band fort. »Wir sperren die Leitung in solchen Fällen ziemlich schnell.«

»Außer Betrieb«, sagte ich zu Helen.

»Gut«, antwortete sie.

7, Glanzlose Straße, Bezirk Descartes.

Helen kippte den Rest ihres Martinis hinunter. »Jetzt laß uns diesen lächerlichen Gedanken vergessen«, sagte sie. »Finden wir uns mit der Zukunft ab, voller Ehrlichkeit, mit klarem Kopf und …«

Doch ich war bereits aus der Tür.

Die Glanzlose Straße, die entlang des Sterbenden Flusses verlief, war durch Gerüche von Leben erfüllt: Speichelauswurf, Vogelkot, Schwefel, Methan, ver-

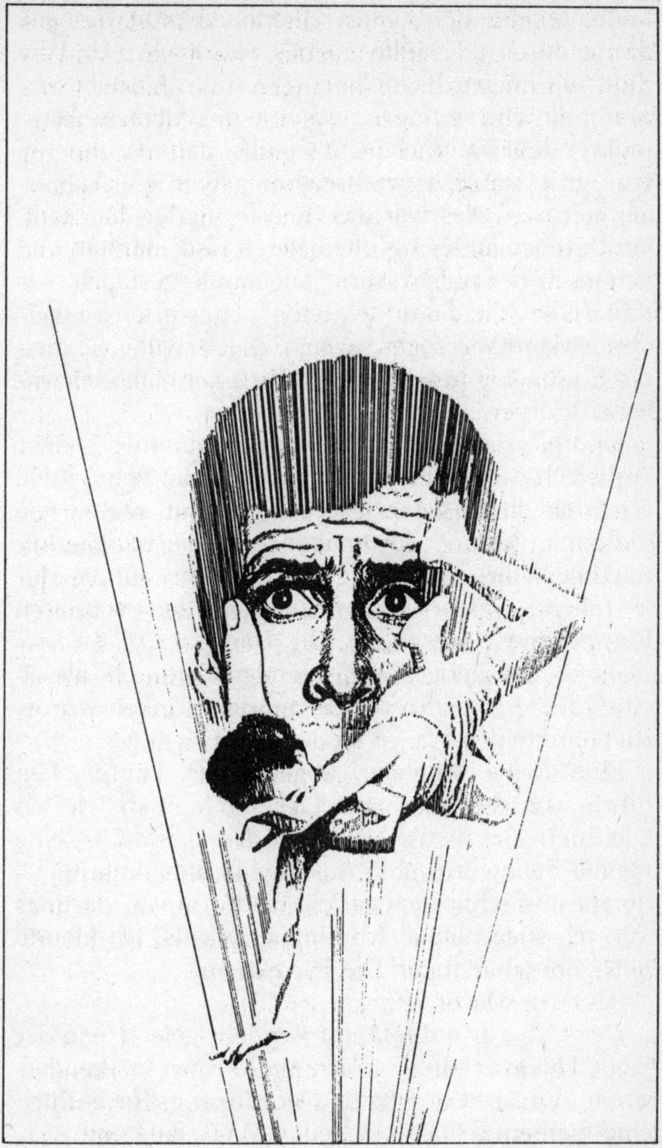

faulende Fische — eine Kakophonie von Gestank drang durch die Hülle meines Adäquats. »Und im Zentrum meiner Einstellung gegen die Abtreibung«, drang die düstere Pfarrersstimme aus meinem Autoradio, »steht natürlich mein Glaube, daß Sex ohnehin eine grundsätzlich verabscheuungswürdige Angelegenheit ist.« Dies war das freieste Viertel der Stadt, ein Durcheinander aus ehemaligen Fischmärkten und verlassenen Lagerhäusern, aneinandergestapelt wie tote Zellen, die darauf warteten, abgeworfen zu werden. »Man kann sogar sagen, daß ich, wie viele meiner Sorte, eine instinktive Abscheu vor dem menschlichen Körper empfinde.«

Und plötzlich war ich da, vor der Nummer 7, einer Wellblech-Bruchbude, auf einem Bündel von Säulen errichtet, die aus dem Sterbenden Fluß ragten wie todkranke Bäume. Möwen kreisten in der Sommerluft und ließen ihre unschuldigen Exkremente auf die Mole fallen; Wasser klatschte gegen den vertäuten Rumpf eines Hausbootes, die *Durchschnittliche Josephine* — ein gieriges, schlurfendes Geräusch, als ob eine Meute unsichtbarer Löwen dort trinken würde. Ich steuerte den Wagen an den Rand.

Eine Reihe schmaler, abgeknickter Laufplanken führte von dem nächsten Pier, der aussah wie ein Gleitbrett aus dem *Kabinett des Dr. Caligari* — eine meiner denkwürdigsten Ausflüge in die Filmkritik — hinauf und schließlich auf die Plattform vor Martinas Tür. Ich stieg hinauf. Ich klopfte. Nichts. Ich klopfte noch einmal, heftiger. Die Tür glitt auf.

Ich rief: »Martina?«

Der Ort war ausgeräumt worden, geleert wie der Hobs Hase, dessen Foto ich am Morgen in Prendergorsts Büro gesehen hatte. Der Eingangsflur enthielt eine verbeulte Bierdose, eine Mausefalle mit verschimmeltem Cheddarkäse als Köder, einige Zigarettenkippen — und sonst nichts. Ich ging in die Küche. Im Spülbecken stand eine übelriechende Brühe aus Wasser, Seife, Fett und Cornflakes. Die Regale waren leer.

»Martina? Martina?«

Im hinteren Raum lag eine nackte Bettauflage aus rostigen Metallfedern auf einem Kiefernholzrahmen, der so schief war, daß er aus Tobys Werkstatt hätte stammen können.

Ich kehrte ins heiße, grelle Tageslicht zurück und blieb auf dem Vorplatz von Martinas Behausung stehen. Eine Welle von Übelkeit durchflutete mich, bis hinein in meine mutmaßliche Seele.

Draußen auf dem Fluß drehte ein Kutter der Brutalotruppe zu einem Außenbordmotorboot bei, in dem zwei Männer in grünen Ponchos saßen. Offensichtlich versuchten sie zu fliehen — jedes Paradies hat seine Dissidenten, jedes Utopia seine Abtrünnigen —, eine Absicht, die unverzüglich dadurch vereitelt wurde, daß eine Maschinengewehrsalve von dem Kutter losbrach und die beiden Flüchtigen auf der Stelle tötete. Ihre Leichen fielen in den Sterbenden Fluß und färbten ihn rot wie mit Markierungsstiften. Ich empfand einen kurzen Anflug von gelindem Mitleid. Solche Narren! Wußten sie denn nicht, daß für die meisten Vorhaben und eine Vielzahl von Zwecken Veritas so gut war, wie man es nur erwarten konnte?

»Einige Leute ...«

Ich wandte den Blick zur Mole. Ein großer, außergewöhnlich dürrer Mann in den Vierzigern in hüfthohen Stiefeln und einem zerlumpten weißen Sweatshirt stand auf dem Vorderdeck der *Durchschnittlichen Josephine.*

»... sind so naiv«, fuhr er fort. »Stellen Sie sich vor,

sie haben versucht, am hellichten Tag abzuhauen.« Er griff durch ein Loch seines Sweatshirts und kratzte sich an der behaarten Brust. »Ihre Freundin ist weg.«

»Sprechen Sie von Martina Coventry?« fragte ich.

»Hm-hm.«

»Sie ist nicht meine Freundin.«

»Diese kleine Fotze — Pars pro toto — schuldet mir zweihundert Dollar Miete.«

Ich stieg über das Labyrinth von Laufplanken hinab. »Sind Sie ihr Hauswirt?«

»Mister, in meinem verhunzten Leben habe ich drei Dinge von Wert erworben — dieses Hausboot, diese Bruchbude und meinen guten Namen.« Martinas Hauswirt stampfte mit dem Stiefel auf das Schiffsdeck. Er hatte einen außergewöhnlich wirren und ungepflegten Bart, wie Vogelnest, das auf Ausschreibungsbasis gebaut worden war. »Wissen Sie, wieviel der Stellvertretende Geschäftsführer einer Firma normalerweise in einem Monat verdient? Zwölftausend. Ich kann froh sein, wenn ich das in einem *Jahr* sehe. Die Muschelbuddelei ist ein leidvolles Geschäft.«

»Muschelbuddelei?«

»Na ja, vom Vermieten einer verdammten Bruchbude kann man nicht leben, das steht fest«, sagte Martinas Hauswirt. »Vom Muschelbuddeln natürlich auch nicht. Sind Sie von der Brutalotruppe? Wird die Coventry gesucht?«

»Ich bin nicht von der Truppe.«

»Gut.«

»Aber ich muß sie finden. Es geht um Leben und Tod.« Ich ging auf einen Meter an den Hauswirt heran. Er roch wie Schildkrötennahrung. »Könnten Sie mir vielleicht irgendwelche Hinweise geben?«

»Eigentlich nicht. Wollen Sie etwas Muschelsuppe? Ich habe sie eigenhändig rausgekratzt.«

»Sie scheinen eine höchst unhygienische Person zu sein. Wie soll ich wissen, daß ich von Ihrer Suppe nicht krank werde?«

Er lächelte und enthüllte einen bedenklichen Mangel an Zähnen. »Sie werden das Risiko eingehen müssen.«

Und so landete ich schließlich in der gemütlichen Kombüse der *Durchschnittlichen Josephine* und genoß die köstlichste Muschelsuppe, die ich je gegessen hatte.

Sein Name war Boris — Boris der Muschelbuddler —, und er wußte beinahe ebenso wenig über Martina wie ich. Sie waren einmal miteinander ins Bett gegangen, anstatt der Miete. Anschließend hatte er einige ihrer Knittelverse gelesen und sie kaum passend gefunden, um damit einen Außenabort auszustatten. Offenbar war ihr ein Job in Aussicht gestellt worden, bei dem sie Grußkarten-Verse für Widerlich und Spröde hätte schreiben sollen: die Firma hatte nicht Wort gehalten; ihr war das Geld ausgegangen; sie war in Panik geraten und hatte sich aus dem Staub gemacht.

»Es geht um Leben und Tod«, murmelte Boris.

»›Leben und Tod‹ hast du gesagt, und ich erkenne an deinen traurigen Knopfaugen, die ein klein wenig glasig sind, ein geringfügiger Makel in deinem einigermaßen gutaussehenden Gesicht — ich erkenne, daß du genau ›Leben und Tod‹ gemeint hast. Es ist eine schwere Last, die du da mit dir herumschleppst, etwas, über das du lieber nicht sprechen solltest. Aber keine Angst, Jack, ich verpetze dich nicht. Verstehst du, ich kann dich ganz gut leiden, auch wenn du wahrscheinlich einen Haufen Geld verdienst. Wieviel verdienst du?«

Ich senkte den Blick auf meine Suppe, die dick war

von Klumpen aus kernigem Muschelfleisch und Kartoffeln. »Zweitausend im Monat.«

»Ich *wußte* es«, sagte Boris. »Natürlich ist das *nichts* verglichen mit dem, was ein Immobilienmakler oder ein Bezirksabgeordneter absahnt. Welche Branche?«

»Kunstkritiker.«

»Ich muß unbedingt aus dem Muschelgeschäft aussteigen. Ich muß eigentlich ganz raus aus *Veritas* — ein Traum, den ich ziemlich gern mit jemandem teilen würde, der nicht bei der Brutalotruppe ist. Dies ist ein großer Planet, Jack. Eines Tages werde ich einfach den Anker lichten, und — *wusch* — weg bin ich.«

Der Schreck und die Empörung, die ich bei derart abartigen Vorstellungen hätte empfinden müssen, blieben aus. »Boris, glaubst du an Wunder?« fragte ich.

»Es gibt Zeiten, da glaube ich an nichts anderes. Wie schmeckt dir die Muschelsuppe?«

»Ausgezeichnet.«

»Das wußte ich.«

»Möchtest du noch etwas?«

»Klar.«

»Ich weiß nicht, wie du jemals entkommen willst«, sagte ich. »Die Truppe würde dich erschießen.«

»Wahrscheinlich.« Mein Gastgeber nahm einen großen Löffelvoll von seiner hervorragenden Suppe. »Wenigstens wäre ich dann aus den Muscheln raus.«

4

Montag: wieder am Arbeitsplatz, mein Fleisch wie Blei, mein Blut wie flüssiges Quecksilber. Ich hatte die vergangene Woche eingesperrt in dem winzigen Vorführraum des Wittgensteins verbracht, um die Früchte von Hollywoods glücklichen Zeiten zu durchwühlen und den Verdacht der Archäologen zu bestätigen, daß diese erzählerischen Machwerke keinen Funken Wahrheit enthielten, und nun war es Zeit, sie zu vernichten: *Du sollst mein Glücksstern sein, Doktor Schiwago, Rocky,* den ganzen betrügerischen Kram. Stunde folgte um Stunde, ein Tag verschmolz mit dem nächsten, aber an meiner Routine änderte sich nichts: ich füllte die Badewannen, tauchte die 35-mm-Negative ein und beobachtete den Sieg von Clorox über die Illusion. Wie Seelen, die ihre Körper verlassen, schwebte die Technicolor-Schicht frei über ihrer Unterlage und löste sich in der kräftigen, reinigenden Bleiche auf.

Mein Herz war nicht bei der Sache. Cohn, Warner, Mayer, Thalberg, Selznick — diese Männer waren nicht meine Feinde. Im Gegenteil, ich wäre gern wie sie gewesen, ich wollte *sie sein.* Was immer man gegen die großen Macher von Hollywood sagen mochte, sie alle hätten ihre kranken Kinder mit heilsamer Ermutigung und therapeutischer Verlogenheit segnen können.

Stanley Marcus blieb bis Donnerstag weg, als er plötzlich in meiner Kaffeezelle erschien, während ich gerade lustlos einen Thunfisch-Sandwich verzehrte und erfolglos versuchte, meinen Kummer in Koffein zu ertränken. Ohne ein Wort nahm er seinen Besen und kehrte mit langsamen, grämlichen Bewegungen den Boden.

»Dieses Empfehlungsschreiben war ziemlich gemein«, sagte er schließlich, in der Julihitze schwitzend. »Ich wünschte, Sie hätten mich nicht als speichelleckerisch bezeichnet.«

»Hatte ich die Wahl?«

»Ich bin nicht befördert worden.«

»Es fällt mir nicht leicht, Mitleid mit Ihnen zu haben«, sagte ich, den Mund voll Thunfisch, Mayonnaise und Brot der Sorte Anständiger Roggenlaib. »Ich habe einen kranken Sohn. Nur Lügen können ihn heilen.«

Stanley rammte seinen Besen gegen den Boden. »Sehen Sie, ich bin eine lächerliche Gestalt, wir alle wissen das. Frauen wollen nichts mit mir zu tun haben. Ich führe ein einsames Leben. Erzählen Sie mir nichts über Ihr Familienleben, Mr. Sperry. Erzählen Sie mir nichts über Ihren mißratenen Sohn.«

Ich erblaßte und zitterte. »Lecken Sie mich im übertragenen Sinne am Arsch, Stanley Marcus!«

»Lecken *Sie mich* im übertragenen Sinne am Arsch, Jack Sperry!« Er drückte sich den Besen an den Busen, machte auf dem Absatz kehrt und rannte hinaus.

Ich trank meinen Kaffee aus und beschloß, noch einmal welchen zu machen, wofür ich die doppelte Menge Pulver aus meinem Glas mit Donaldsons Trinkbarem nahm.

Ich ging wieder in mein Arbeitszimmer, wo noch ein Regal voller 35-mm-Spulen auf meine Durchsicht wartete, ein Zelluloid-Turm, der buchstäblich bis zur

Decke reichte. Während Donaldsons Trinkbarer durch meine Nerven hüpfte — sozusagen —, krempelte ich die Ärmel hoch und machte mich an die Arbeit. Ich löste *Das zauberhafte Land* und *Vom Winde verweht* auf, entblößte *Citizen Kane* und *King Kong* bis aufs Azetat, säuberte die Welt von *Top Hat, Opernball* und — wie marktschreierisch kann Heuchelei werden? — *Ist das Leben nicht schön?*.

Die Feierabendpfeife ertönte, und ein halbes Dutzend dampfiger Echos hallte durch das ganze Wittgenstein. Als der letzte Schrei verklungen war, erklang ein siebter, menschlicher, weiblicher — vertrauter.

»Also los, Kritiker!«

Ich blickte von meiner Wanne mit Clorox auf, wo *Casablanca* gerade der Vergessenheit zublubberte. Die Türöffnung rahmte sie ein.

»Martina? *Martina?*«

»Hallo, Jack.« Ihr Silberlamé-Kleid umschmeichelte ihre Formen wie eine kunstvoll gearbeitete zweite Haut. Eine passende Handtasche hing ihr über die Schulter. Ich hatte bisher noch nie eine so unehrlich aufgemacht Veritasianerin gesehen — aber natürlich war Martina augenscheinlich viel mehr als eine Veritasianerin.

»Hat der Wachtposten dich durchgelassen?« fragte ich erstaunt.

»Nachdem ich ihm versprochen habe, morgen mit ihm zu kopulieren, ja.«

Die Wahrheit? Eine Halbwahrheit? Es gab keine Möglichkeit, so wurde mir mit einem plötzlichen angstvollen Schauder bewußt, die Ehrlichkeit dieser Frau abzuschätzen. »Ich freue mich außerordentlich, dich zu sehen«, sagte ich. »Ich bin zu dieser Adresse gegangen, die du mir gegeben hast, aber ...«

»Nur *einmal* im Leben möchte ich einen Mann kennenlernen, dessen Genitalien nicht sein Leben bestimmen.«

»Ich wollte mit dir reden, das ist alles. Nur *reden.* Ich habe auch Boris den Muschelbuddler kennengelernt.«

Martina öffnete ihre silberne Handtasche und holte eine Einliterflasche *Charlies Billigfusel* und zwei Styroporbecher heraus. »Hat er irgendwas von zweihundert Eiern gesagt?«

»Hm-hm.«

»Er wird sie nicht bekommen.« Sie stellte die Becher auf meine Arbeitsplatte und füllte sie mit schlammfarbenem Wein. »Ich nehme an, er hat dir auch erzählt, wir wären miteinander im Bett gewesen?«

»Ja.«

»Zum Teufel, Jack, du weißt mehr über mein Privatleben als ich.« Sie griff nach ihrem Becher mit *Charlies* und streifte durch mein Arbeitszimmer, wobei ihre Brüste wogten wie die Schiffahrtsbojen in der Becket-Bucht, und ihre Hüften schaukelten wie Teighügel, die von einem Pizzabäcker hochgeworfen werden.

All das war an mich verschwendet, jedes Wogen und jedes Wallen. Meine Begierde war gestorben, als Prendergorst *fatal* gesagt hatte; ich war von einem Adjektiv kastriert worden.

Ich griff nach meinem Wein und kippte ihn mit einem Schluck hinunter.

»Hier ist also der Ort des Geschehens.« Martina blieb vor dem Regal mit meinen Werkzeugen stehen, steichelte meine Äxte, fummelte an meinen Blechschneidern herum, strich mit den Fingern über meine Sägen, Zangen und Bohrer. »Eindrucksvoll ...«

»Wo wohnst du jetzt?« fragte ich und füllte meinen Becher nach.

»Bei einer Freundin. Ich kann mir nichts Besseres leisten — Widerlich und Spröde haben meine Muttertagsserie abgelehnt.« Sie trank ihren *Charlies* aus. »Dabei fällt mir ein — du erinnerst dich bestimmt an dieses Blatt mit Versen, das ich dir gegeben habe?«

Wie ein Eichhörnchen, das sich mit Eicheln vollpackt, plusterte ich meine Backen mit Wein auf. Ich schluckte. »Diese Verse sind mir niemals aus dem Kopf gegangen. Ja, so ist das.«

Martina runzelte ernsthaft die Stirn, anscheinend verwirrt durch die Vorstellung, daß ihre Reime in irgendeiner Weise erinnerungswürdig sein könnten. »Ich hätte sie gern zurück. Sie haben dir am Anfang gar nicht gefallen.«

Der Wein hatte mich inzwischen vollkommen durchdrungen, wärmte mir Hände und Füße und massierte mir das Gehirn. »Sie haben etwas Ansprechendes, auf ihre eigene seichte Art.«

Die Hüften in voller Aktion, schritt sie an den brodelnden Überresten von *Casablanca* vorbei, trat zur Tür und schob den Riegel vor. »Ich weiß nicht, was ich gedacht habe, als ich sie aus der Hand gegeben habe. Ich bewahre meine Originalmanuskripte immer auf. Ich gebe dir gern eine Kopie.«

Da war er also, der endgültige Beweis für Martinas wahre Färbung. Die listige kleine Lügnerin war zu dem Schluß gekommen, daß die Gedichte gefährlich waren — und in ihrem berechtigten Verfolgungswahn hatte sie sich vorgestellt, wie ich hinter die in die Seite eingebettete schamlose Falschheit kommen würde.

Schwindelig vom Billigfusel, leistete ich keinen Widerstand, als Martina mich durch das Arbeitszimmer zu meinen Aufträgen für die kommende Woche schob

— ein Riesenberg von Cassini-Abendkleider, Saint-Laurent-Hemden und Calvin-Klein-Jeans.

»Also jedenfalls«, sagte sie, während wir uns in die arglistigen Stoffe sinken ließen, »wenn du mir diese Verse zurückgeben könntest ...«

Ihre vollen, feuchten Lippen näherten sich mir, ihre eifrige kleine Hundezunge kam heraus. Sie küßte mich überall; es war wie die Belästigung durch ein Marshmallow. Wir knutschten und fummelten, grapschten und rauften, knufften und tasteten.

Meine Genitalien, um Martinas Wort zu gebrauchen, hätten genausogut auf dem Mond sein können, so kühl blieben sie. Ich sagte: »Martina, ich weiß, warum du die Verse unbedingt haben willst.«

»Ach?«

Ein eisiges Beben erschütterte sie, das Zittern ihrer Schuld. »Du willst sie, weil das Papier durchsiebt ist von Lügen«, sagte ich. Die Haut straffte sich über ihren Knochen. »Du bist eine Schwindlerin.«

»Nein«, widersprach sie energisch und wühlte sich aus meiner Umarmung heraus.

»Wie schaffst du es, die Konditionierung außer Kraft zu setzen?« fragte ich beharrlich.

Sie stand auf. »Ich bin *keine*.«

»Du hast geschrieben, du hättest Flügel. Du hast etwas über eine *Seele* geschrieben.« Ich strampelte mich auf die Beine und drückte ihre weiche Rubens-Hand. »Mein Sohn bedeutet mir sehr viel. Ich empfinde sogar Liebe für ihn. Er ist noch ein kleiner Junge. Hast du jemals von der Xavierschen Seuche gehört? Er darf die Wahrheit nicht erfahren. Wenn er nicht weiß, daß sie tödlich ist, dann kommt er vielleicht davon oder ...«

Sie rannte zur Tür, als ob sie einem Akt des mutmaßlichen Gottes entfliehen wollte, einem Waldbrand, einer Flutwelle, einem Wirbelsturm. »Du hast in mir die Falsche erwischt!« schrie sie und schob den Riegel mit Wucht zurück.

»Ich werde dich nicht an die Brutalotruppe verraten — ich verspreche es. Bitte, Martina, bring mir bei, wie man es macht.«

Sie riß die Tür auf und rannte in die heiße Abenddämmerung hinaus. »Ich sage nur die Wahrheit.«

»Lügner!«

Schwitzend und zitternd stieg sie mühsam in ihren glänzenden Toyota Praktikus und fuhr rückwärts aus dem Parkplatz hinaus. Ihr gummiweiches Gesicht war blutleer. Ihre Augen glitzerten vor Angst. Martina Coventry, eine Schwindlerin. O ja, wahrere Worte waren niemals gesprochen worden.

Sie wird nicht entkommen, gelobte ich im stillen und formte die Hände zu jener gefährlichsten aller Haltungen und hinterhältigsten aller Gesten. *Gott ist mein Zeuge,* fügte ich hinzu und nickte dabei in Richtung des ehemaligen großartigen *Vom Winde verweht.*

Der Himmel antwortete mir mit einem Verkehrsstau, der ganzen Herrlichkeit des veritasianischen Feierabendverkehrs. Ich versenkte mich in seine dichte, kreischende Tiefe und schlängelte mich zwischen Fußgängern hindurch wie ein Skifahrer auf einer Slalomstrecke, ohne Martinas Praktikus jemals aus den Augen zu lassen. Sie schlich über die Voltaire-Allee, bog nach Osten in die Flußgasse ab. Als sie die Brükke erreichte, war der Verkehr vollkommen zum Stillstand gekommen, wie eine Welle geschmolzener Lava, die am Hang eines Vulkans erstarrt.

Sie steuerte den Wagen in eine Parklücke, bediente die Parkuhr und verschwand in einer zwielichtig aussehenden Grill-Bar mit dem Namen *Dollys Verdauliches.*

An der Kreuzung Schopenhauer-Allee stand ein öffentliches Telefon. Es funktionierte einwandfrei. Im Zeitalter der Lügen, so hatte ich gehört, waren Telefonzellen ein beliebtes Ziel für kriminelles Verhalten gewesen.

Ich sagte Helen, daß ich zum Abendessen nicht nach Hause kommen würde. »Ich bin einer Schwindlerin auf der Spur«, erklärte ich.

»Dieser Coventry?«

»Ja.« Ich spähte durch das verschmierte Fenster der Bar. Martina saß im hinteren Teil; sie nippte an einem Glas *Olgas OK-Orangensaft* und aß eine ermordete Kuh.

Helen fragte: »Hast du Sex mit ihr gehabt?«

»Nein.« Ein schwacher, aber nicht zu leugnender Schmerz durchzuckte meine Schläfen. »Wir haben uns geküßt.«

»Auf die Lippen?«

»Ja. Wir haben uns auch umarmt.«

»Komm nach Hause, Jack.«

»Nicht bevor ich einer von ihnen bin.«

»Jack!«

Klick. Ich stand im silbernen, schwefeligen Regen und wartete.

Vor Ablauf einer Stunde verließ Martina *Dollys Verdauliches* und machte sich zu Fuß auf den Weg in östliche Richtung, in die dämmerige Tiefe des Bezirks Nietzsche. Nietzsche war einst der brodelnde Kessel der Veritas-Waggon-Gesellschaft gewesen, eines Unternehmens, das während seiner Blütezeit die Pendelverbindung sowohl für Frachtgut als auch für Menschen zur Metropolis unterhielt; vor einiger Zeit war es Opfer der Umwälzung im privaten Transportwesen geworden und hatte sich in eine dünn besiedelte,

träge urbane Mondlandschaft verwandelt. Ich folgte Martina bis zu einem Bahndepot, dessen Gleise jetzt verlassen dalagen, abgesehen von einigen vereinzelten rostenden Pullmanwaggons oder einem verrottenden Güterwagen. Wie verstohlen ich mich benahm, wie heimlichtuerisch — bereits wie ein Schwindler!

Ein Lokomotivschuppen erhob sich düster; seine Gleisscheibe lag wie ein riesiges Drehtablett vor dem Rangierbahnhof, dessen Hallen mit Platten aus rostendem Stahl verschweißt waren. Ein Dieselmotor zum Betreiben einer Weiche stand auf dem nächsten Gleis und buckelte in der feuchten Sommerluft wie die fossilisierten Überreste eines postindustriellen Dinosauriers.

Martina trommelte gegen die Tür — in einem schnellen, scharfen Rhythmus —, und ein großer, teufelsbärtiger Mann öffnete; seine ausgezehrten Gesichtszüge wirkten durch das Dämmerlicht weicher. »Ich bin Spartakus, gekommen, um die Sklaven zu befreien«, erklärte sie ihm — offenbar ein Geheimcode. Ich zuckte bei dieser Lüge zusammen.

»Hereinspaziert, tapferer Thrazier«, antwortete er und trat zur Seite, um sie vorbeizulassen.

Ich schlich mich nach hinten und tastete mich an den rußgeschwärzten, rostfleckigen Mauern entlang. Ein hohes, offenes Fenster winkte mir zu. Jetzt handelte ich ganz instinktiv, indem ich den handlichsten Müll aufeinanderstapelte (Essigfaß, Apfelkiste, Fünfundfünzig-Galonen-Trommel) und hinaufkletterte wie der Held einer Cinemascope-Illusion. Ich erreichte das Fensterbrett und spähte hinein.

Lügner — überall Lügner. Es waren mehr als vierhundert, die miteinander plauderten, wobei sie Kerosinlaternen in den Händen hielten, zwischen den leeren Gleisen herumwandelten und allmählich auf ein notdürftiges Podium zuströmten, das einige Meter über dem Boden auf Stelzen schwebte. Die Frauen waren aufreizend angezogen, in tief ausgeschnittenen, paillettenbesetzten Blusen und glitzernden Stretchhosen, wie die Tanzmädchen aus einem Fred-Astaire-Film. Martina paßte gut dazu. Die Aufmachung der Männer war ähnlich asozial. Sie trugen Fräcke mit weißen Handschuhen; Umhänge und Reithosen; lavendelfarbene Anzüge, die von Zuhältern gestohlen hätten sein können.

Ein stämmiger Mann in einem geckenhaften Anzug stieg die Stufen des Podiums hinauf, ein batteriebetriebenes Megaphon in der Hand. »Setzt euch, alle!« rief er einen elektrisch verstärkten Befehl.

Die Menge wurde stiller. »Fang an, Sebastian!« schrie jemand von unten herauf.

Der Anführer der Lügner — Sebastian — stolzierte auf dem Podium hin und her und ließ ein Kürbislaternenlächeln aufblitzen. »Wie ist Schnee?« rief er.

Ich konzentrierte mich auf Martina. »Schnee ist heiß!« kreischte sie gemeinsam mit ihresgleichen.

Ein dumpfer Schmerz breitete sich in meinem Bauch aus. Ich schloß die Augen und sprang in dicke, kreosotbeladene Luft.

»Wer jagt Katzen?« fragte Sebastian.

»Ratten jagen Katzen!« antworteten die Lügner im Chor — der gewaltige Schrei übertönte das Klatschen meiner Stiefel beim Aufprall auf dem Boden des Depots. *Ratten jagen Katzen:* Gott. Mein Unbehagen nahm zu, Übelkeit stieg aus meinem Innern auf. Ich lehnte mich an ein vernietetes Gitter; mein Körper war durch den Schatten getarnt, meine Schritte wurden vom Getöse der Menge übertönt.

»Jetzt«, sagte Sebastian, »zur Sache ...«

Allmählich verging die Übelkeit, und ich war fähig, dem Ablauf, der sich mir darbot, zu folgen.

Die Schwindler — so erfuhr ich schnell — planten einen weiteren Angriff auf Veritas' inneren Frieden. Für einen erstaunlichen, aufrüttelnden Nachmittag würden sie jenen Vorgang wiederaufleben lassen, den Sebastian als ›das verschwundene und wundervolle Fest, das als Weihnachten bekannt ist‹ bezeichnete. Alles war ihnen anscheinend recht, um die Stadt zu demoralisieren, um sie von innen zu verderben. Um vierzehn Uhr am 25. Dezember, wenn der Umsicht-Park voller Familien war, die sich einen angenehmen Nachmittag mit Schlittschuhlaufen auf dem Ententeich machten und heiße Schokolade an Freudenfeuern tranken, würden die Lügner zuschlagen. Als Engel, Elfen, Kobolde und Feen verkleidet würden sie in den Park strömen und ihn mit Schneezäunen absperren, wobei sie heimlich ein Dutzend Geiseln nehmen würden, um der Polizei das Eingreifen zu erschweren. Als nächstes würden Sebastians Kräfte einen sogenannten Weihnachtsbaum am nördlichen Ufer des Weihers aufstellen — eine schottische Kiefer, so groß wie eine Windmühle — und sofort Veritas' vermutlich mit Ehrfurcht erfüllte Kinder auffordern, ihn mit Glaskugeln und Lametta zu schmücken. Dann, gegen Abend, würden die Schwindler eine Bühnenbearbeitung in drei Akten einer Charles-Dickens-Geschichte mit dem Titel *Ein Weihnachtslied* aufführen. Ich wußte alles über diese Geschichte, und nicht nur deshalb, weil ich ein Exemplar der Erstausgabe vor dem Verbrennen gelesen hatte. *Ein Weihnachtslied* war als eine der verlogensten Erzählungen aller Zeiten in die Geschichte eingegangen, eine sprachgewandte Darstellung der Lüge, daß die Bösen dazu gebracht werden können, die Fehler in ihrem Verhalten einzusehen.

Schließlich: der Höhepunkt. Ein Verladekran würde auf der Szene erscheinen, und plötzlich — siehe da — der gute alte Weihnachtsmann erscheint persönlich; in einem leuchtend roten Schlitten, ausgestattet mit acht audio-animatronisch gesteuerten Rentieren und vollgepackt mit Geschenken in glitzerndem Goldpapier, fährt er vom Himmel herab. Während sich die Kinder um ihn drängen — ihre Herzen vor Entzücken pochend, ihre Gesichter vor Fröhlichkeit glühend, ihre armen schutzlosen Seelen schwindelig vor Sinnestäuschung —, überschütten sie die Elfen mit den Dingen, von denen sie geträumt haben, mit Rollern und Zehngangfahrrädern, Puppenhäusern und elektrischen Eisenbahnen, Teddybären und Spielzeugsoldaten.

Sebastian hielt den roten Anzug, das Kissen und den falschen Bart hoch, die er als Weihnachtsmann zu tragen beabsichtigte, und in dem Lokomotivschuppen brach sofort ein donnernder Beifall los.

Ich betrachtete die Menge und erschauderte jedesmal, wenn mein Blick auf ein bekanntes Gesicht fiel. Du lieber Himmel: Jimmy Windig, der Barkeeper vom *Suff am Morgen*. Wer wäre bei *ihm* wohl auf die Idee gekommen, daß er ein Lügner sein könnte? Oder mein Installateur, Paul Irving. Oder mein Friseur, Bill Mumford?

Sebastian teilte seine Legionen in Spezialeinheiten für die notwendigen Aufgaben ein. Jimmy Windig kam zum Ausschmückungs-Komitee; meinem Installateur wurde die Rolle des Ebenezer Scrooge zugeteilt; mein Friseur meldete sich freiwillig als Elf; Martina willigte ein, die Eröffnungsrede des Weihnachtsmannes zu schreiben.

Die abschließende Litanei traf mich unvorbereitet.

»Was können Hunde?« rief Sebastian unvermittelt.

»Sie können sprechen!« antwortete die Menge.
In meinem Schädel begann es zu pochen.
»Welche Farbe hat Gras?«
»Purpur!«
Das Pochen in meinem Schädel wurde stärker.
»Steine sind ...«
»Lebendig!«
»Aufhören!« schrie ich und drückte mir die Hände an den Kopf. »Aufhören! Bitte, aufhören!«

Vierhundert Gesichter wandten sich mir zu. In achthundert Augen blitzten Wut und Empörung auf.

»Wer ist das?« fragte jemand.
»Ein Spion!« rief eine Stimme.
Eine andere: »Brutalotruppe!«
Eine andere: »Faßt ihn!«

Ich hob die ausgebreiteten Hände hoch. »Hört zu! Ich möchte mich euch anschließen!« Die Lügner stoben auf mich zu wie die Horden in dem eindrucksvollsten Renaissance-Ölgemälde, das ich während meiner Lehrzeit vernichtet hatte, Altdorfers *Schlacht von Issus.* »Ich möchte ein Schwindler werden.«

Eine ledrige Hand legte sich mir vor den Mund. Ich biß hinein und schmeckte das salzige Blut des Lügners. Ein Stiefel trat mich in die Seite und brach mir eine Rippe wie einen trockenen Zweig. Stöhnend, mich vor Angst windend, sank ich auf die Knie. Noch nie hatte ich diese reinste Wahrheit, diese absolute Tatsache, den Schmerz so deutlich empfunden.

Das letzte, was ich sah, bevor ich das Bewußtsein verlor, war die Faust meines Steuerberaters, die sich schnell auf mein Kinn zu bewegte.

Ich wachte auf und lebte noch. Ich lebte — mehr aber auch nicht. Meine Lippen fühlten sich an wie zwei dicke Schnecken, die auf meinen Mund aufgesetzt waren. Mein Rumpf, so schien es, war vor kurzem als Ball in einer üblen und gewalttätigen Sportbegegnung benutzt worden. Schmerz nagte an meiner Seite.

Allmählich schwand der klebrige Film von meinen Augen. Ich machte eine Bestandsaufnahme. Schaummatratze, Daunenkissen, der aufdringliche Geruch von medizinischem Alkohol. Meine Brust war mit Klebeband umwickelt, als wäre sie der Griff eines Baseballschlägers.

Eine Ärztin mittleren Alters in einem weißen Kittel machte sich neben mir zu schaffen; ein Stethoskop hing ihr um den Hals. »Guten Morgen«, sagte sie und meinte es offenbar auch so. Ein schmales, lebhaftes Gesicht — scharfgeschnittene Nase, kantiges Kinn, hohe Wangen: ein Gesicht, das zwar nicht schön war, doch wahrscheinlich immer eine gewisse Faszination auf jemanden ausüben würde, der gezwungen war, es regelmäßig zu betrachten.

»Morgen? Ist es schon Freitag?«

»Sehr gut«, antwortete die Ärztin vergnügt. Ihr Lächeln war so knackig und strahlend wie der Mond zwischen halb und voll. »Ich bin Felicia Krakower, und ich hoffe ehrlich und aufrichtig, daß Sie sich besser fühlen.«

Auf der anderen Seite des Raums saß ein alter Mann, dessen Haut die Farbe von Oolong-Tee hatte, aufrecht auf seiner Matratze; sein Kopf war mit einem Turban aus leuchtend weißen Verbänden umwickelt.

»Die Rippe tut mir weh«, sagte ich.

»Es tut mir schrecklich leid, das hören zu müssen«, sagte Dr. Krakower. »Machen Sie sich keine Sorgen, Sie sind jetzt in Satirev.«

»Satirev?«

»Das finden Sie auf keiner Karte.« Dr. Krakower

schwenkte ein Thermometer durch die Luft, als ob sie ein Orchester dirigierte.

»Buchstabier es doch mal rückwärts«, schlug mein Zimmernachbar vor. »Ich bin übrigens Louie. Gehirntumor. Nichts Wichtiges. Er wächst nur und wächst da oben drin, wie Moos, und dann eines Tages — *pfft* bin ich weg. Der Tod ist ein außergewöhnliches Abenteuer.«

Ich schob mir das Thermometer zwischen die Lippen. Satirev ... Veritas ... Satirev ... Veritas ...

Meine Unterkunft war mit einer leuchtend gelben Farbe gestrichen und mit gleichermaßen leuchtenden Lügen ausgestattet — einem postergroßen Exemplar von Keats' *Ode On A Grecian Urn,* einer Reproduktion von Van Goghs *Sonnenblumen,* einem Druck von Salvador Dalis wohlbekannter Landschaft mit Bäumen, die statt Früchten Uhren trugen. Ich spähte durch ein rosa getöntes Fenster. Draußen stützte eine Reihe von korinthischen Säulen ein geschnitztes Kapitell mit der Inschrift ZENTRUM FÜR SCHÖPFERISCHES WOHLBEFINDEN.

Während Felicia Krakower das Thermometer entfernte, betastete ich meine eingeschlagene Seite und sagte: »Frau Doktor, Sie haben doch bestimmt von der Psychoneuroimmunologie gehört, nicht wahr?«

»Von dieser Seele-Körper-Verbindung?«

»Genau. Der Patient nimmt eine so positive Grundeinstellung ein, daß ihm die Krankheit nicht ernsthaft etwas anhaben kann. Hat es das jemals gegeben?«

»*Natürlich* gibt es das«, antwortete die Ärztin und fuhr mit dem Zeigefinger an dem leuchtend gelben Rohr ihres Stethoskops entlang. »Wunder geschehen jeden Tag — die Sonne geht auf, ein Baby wird geboren —, das sollten Sie niemals vergessen, Jack Sperry.«

Welch herrliches Gefühl, unter Menschen zu sein, die keine Angst vor der Hoffnung hatten. »Sie sind phantastisch, Frau Doktor — übrigens, habe ich Fieber?«

»Vielleicht ein wenig erhöhte Temperatur. Kein Grund zur Besorgnis. In Satirev bleibt niemand lange krank.«

»Ich müßte mal meine Frau anrufen.«

Entgegen meiner Erwartung wurde das Lächeln der Ärztin noch breiter. »Sie haben eine *Frau?* Ausgezeichnet. Sehr schön. Ich werde ihre Bitte unverzüglich an die Innere Sicherheit weiterleiten. Würden Sie bitte den Mund aufmachen?«

»Weshalb?«

»Zu Ihrem eigenen Besten.«

Ich bewegte die Lippen auseinander. Die Ärztin legte mir eine zuckersüße, nierenförmige Kapsel auf die Zunge und reichte mir ein Glas Wasser. »Wieso wissen Sie, daß es zu meinem Besten ist?«

»Vertrauen Sie mir«, sagte Dr. Krakower.

»In Satirev trauen die Menschen einander«, sagte Louie.

»Eine Schlaftablette?« fragte ich und schluckte.

»Könnte sein«, sagte die Ärztin.

Eine Schlaftablette ...

Als ich ins Bewußtsein zurückkehrte, beugte sich Martina Coventry über mich, immer noch in ihr aufreizendes Silberkleid eingezwängt. Neben ihr stand ein großer, schlacksiger Mann mit großporiger Haut, bekleidet mit einer grünen Smokingjacke, die eng über einem Sweatshirt mit der Aufschrift WENN DAS SCHICKSAL DIR SAURES GIBT, MACH EIN SAURES BONBON DRAUS. Er sah aus wie ein Kaktus.

»Martina!«

Sie legte mir eine fleischige Hand auf die Stirn. »Sag guten Tag zu Franz Beauchamps.«

»Guten Tag«, sagte ich zu dem kaktoiden Menschen.

»Ich bin verantwortlich dafür, daß du nicht das Weite suchst«, erklärte Franz mit einer Stimme, die klang, als wäre sie vor Betreten des Raumes durch ein Honigfaß gezogen worden. »Keine große Sache. Gib mir einfach dein veritasianisches Wort, daß du nicht davonlaufen wirst.«

»Ich werde nicht davonlaufen.«

»Gut für dich.« Das Grinsen meines Beschützers war so bühnenreif wie das von Felicia Krakower; ich war einer Bande von Lächlern in die Hände gefallen. »Ich habe das Gefühl, wir könnten großartige Freunde werden«, sagte er.

Martina war auffälliger herausgeputzt denn je. Sie hatte ihr terrakottafarbenes Haar zu einem bildhauerischen Gegenstand verarbeitet, einem dicken Zopf, der wie ein Laib Osterbrot auf ihrer Schulter lag. Ihre Augen waren zu Karikaturen ihrer selbst geworden, mit fetter Umrandung und üppigem Lidschatten. »Obwohl wir hier in Satirev sind, bin ich Veritasianerin genug, um offen mit dir zu sprechen. Ich habe dich aus dem Schlamassel gerettet, Jack. Du bist am Leben, weil die gute alte Martina Coventry deinen Fall im Eisenbahnschuppen vorgetragen und sich für dich eingesetzt hat.«

»Ich bin dir dankbar«, sagte ich.

»Das solltest du auch sein.«

»Hast du ihnen von Toby erzählt?«

Sie nickte. »Ja, und ich muß sagen, die Geschichte war auf Anhieb ein Erfolg. Ein von der Xavierschen Krankheit befallendes Kind, das um jeden Preis gerettet werden soll — du machst dir keine Vorstellung, welche überzeugende Wirkung eine solche Situation hier unten hat.«

»Das Ganze ist so unglaublich rührend«, sagte Franz. »Ein Vater, der um das Leben seines Sohnes kämpft — meine Güte, ist das rührend.«

»Könnt ihr mir beibringen zu lügen?«

»Kommt darauf an«, antwortete Martina.

»Worauf?«

»Darauf, ob du ins Programm aufgenommen wirst — ob die Behandlung anschlägt. Nicht jeder hat das Zeug, ein Schwindler zu werden.«

»Wenn es nach mir ginge, würde ich dich aufnehmen« — Franz schnippte mit den Fingern — »und zwar *so*.«

»Leider geht es nicht nach uns«, sagte Martina. »Du wirst etwas Glück nötig haben.« Sie griff in ihre glitzernde Handtasche und holte ausgerechnet ein Hufeisen hervor. Sie öffnete die Schublade meines Nachtkastens und ließ es — *plop* — hineinfallen. »Pferde haben sechs Beine«, sagte sie mit dem Brustton der Überzeugung.

Ich biß die Zähne zusammen. »Maskottchen sind Lügen«, entgegnete ich.

»Vielleicht«, sagte Martina.

»Ich habe gehört, du willst jemanden anrufen«, sagte Franz fröhlich. »Ich spreche im Namen der Inneren Sicherheit und muß dir in dieser Eigenschaft mitteilen, daß wir *entzückt* sind, dir diesen besonderen Wunsch zu erfüllen.«

Franz und Martina halfen mir beim Aufstehen, was mir nur mühsam und unter Schmerzen gelang. Mir war nie bewußt gewesen, daß ich so viele verletzbare Muskeln, so viele angreifbare Knochen hatte. Endlich stand ich auf den Beinen, der kalte Boden knabberte an meinen nackten Füßen, mein sackförmiges und albern kurzes Krankenhausnachthemd kratzte am Körper.

Das Zentrum für Schöpferisches Wohlbefinden war eine bescheidene Einrichtung. Nach einigen Schritten durch die Eingangshalle war eine Wand mit Fotografien von ausgelassenen spielenden Kindern geschmückt, die andere Seite war überladen mit Monets Gemälden von Wasserlilien, und plötzlich bewegten wir uns durch den Haupteingang hinaus in einen kleinen privaten Park. Graffiti bedeckten die glatten Backsteinmauern: JESUS LIEBT DICH ... ALLES IST AUF SEINE WEISE SCHÖN ... HEUTE IST DER ERSTE TAG DEINES RESTLICHEN LEBENS. Ich sah nach oben. Keine Sonne, keine Wolken — kein Himmel. Der gesamte Park war von einem Betonbogen überdacht, der an die gewölbte Kuppel einer Kathedrale erinnerte; drei Quecksilberdampf-Scheinwerfer hingen von der Decke, technologische Sonnen.

»Wir befinden uns unter der Erde«, erklärte Martina, als sie die Verwirrung in meinem Gesichtsausdruck bemerkte. »Wir sind unter Veritas«, sagte sie und ließ den Zeigefinger nach oben zucken; ihre Nägel waren in leuchtendem Grün lackiert. »Bis jetzt haben wir nur etwa vierzigtausend Quadratmeter kolonialisiert, aber wir weiten uns ständig aus.«

Dicht gedrängt und ringsum eingeschlossen — und doch rief der Park keine Klaustrophobie hervor. Tatsächlich hatte ich nie zuvor auf einem so beruhigenden und luftigen freien Platz gestanden. Es roch nach Tannenharz. Der allgegenwärtige Gesang von Vögeln prahlte mit der erfrischenden Feinheit einer Fuge. Schmetterlinge zeigten sich in einer Vielfalt von Arten, jede farbenprächtiger als die andere, und flatterten herum wie Stoffstücke, die versuchten, sich zu einem verrückten Flickenteppich zu vereinigen. Ein mit Kopfsteinen gepflasterter Fußweg schlängelte sich zwischen hübschen kleinen Beeten hindurch, die mit Zinnien, Gladiolen, Tulpen und Pfingstrosen bepflanzt waren.

Martina sagte: »Wir werden natürlich niemals so groß werden wie Veritas. Aber darum geht es auch gar nicht.«

Ich betrachtete interessiert die Decke, deren gebogene Oberfläche sich mit Veritas' Eingeweiden überschnitt — das Betongedärm, die brodelnden, bleiernen Venen, die pochenden Nerven aus Stahl und Kautschuk. Etwas Sonderbares schwebte über meinen Kopf hinweg.

»Entscheidend ist, daß es Satirev gibt«, fuhr Martina fort, »und daß es funktioniert.«

Ein Schwein. *Ein Schwein?* Ja, tatsächlich, es schwebte durch die Luft wie die Miniaturausgabe eines lenkbaren Luftschiffes und schlug mit den kleinen Engelsflügeln. Irgendeine Maschine, ein bizarres Kinderspielzeug? Nein, sein Quieken klang beunruhigend organisch.

»Schweine haben Flügel«, sagte Franz. Seine Lüge jagte mir einen eisigen Schauder durch den Körper.

Eine dürre gelbe Katze huschte aus einem Forsythienbusch hervor, ihre Haare waren in katzenhafter Angst aufgerichtet. Sie formte sich zu einem Rechteck aus Fell und schoß auf das Zentrum für Schöpferisches Wohlbefinden zu. Im nächsten Augenblick tauchte ihr Verfolger auf. Ein Hund, vermutete ich im ersten Moment. Aber nein. Die Gestalt war anders. Und sie hatte einen Schwanz, lang und seilartig.

Der Schauder begann am unteren Ende meines Rückgrats und breitete sich aus. Eine Ratte. Eine Ratte von der Größe eines schwangeren Dachses.

Und sie jagte eine Katze!

»Das hier ist ein äußerst merkwürdiger Ort«, sagte ich und sah in Martinas exotisch angehauchte Augen. »Findest du nicht?«

»Merkwürdig ist ein relativer Begriff«, entgegnete sie.

»Ich bin ziemlich durcheinander«, sagte ich.

»Es ist nicht schwer, eine Lüge herzustellen. Mit fortschrittlicher Mikrobiologie läßt sich ein fliegendes Schwein züchten oder eine übergroße Ratte — alles, was man will.«

»Ich bin *trotzdem* durcheinander.«

»Satirev ist etwas gewöhnungsbedürftig«, sagte Franz und setzte ein saftiges Lächeln auf. »Ich bin sicher, du bist in der Lage, damit fertigzuwerden. Du machst den Eindruck eines echten Könners auf mich, Jack.«

Die Telefonzelle stand auf einer Erhebung, die mit purpurnem Gras und fünfblättrigem Klee bewachsen war. Langsam schlich ich durch die absonderliche Flora — mein Körper fühlte sich an wie eine einzige gewaltige Prellung — und schob die Schiebetür gegen die seitliche Einfassung. Martina und Franz standen neben mir in Hörweite.

»Ist dir klar, wie du dich zu verhalten hast?« fragte mein Beschützer.

»Ich glaube schon.«

»Bei der leisesten Andeutung findest du dich in Veritas wieder — *peng!* —, eingetaucht in Scopolamin; du wirst dich nicht daran erinnern, jemals hier gewesen zu sein, kein einziges Detail wird dir im Gedächtnis haften bleiben. Das wäre doch überaus schade, nicht wahr?«

Das Telefon war eine betrügerische Angelegenheit, heimlich an das Netz von Veritas angeschlossen und seine Dienste marktschreierisch anpreisend. Ich streckte den Zeigefinger aus und drückte die entsprechenden Knöpfe.

Helen nahm erst beim siebten Läuten ab. Offenbar hatte ich sie aus dem Schlaf gerissen. »Hallo?« meldete sie sich verschlafen.

»Habe ich dich aufgeweckt?«

»Natürlich hast du mich aufgeweckt«, brummte sie mürrisch, »wo immer du auch sein magst.«

»Hör zu«, fuhr ich sie schroff an. »Stell mir keine Fragen.«

»*Jack?* Bist *du* das?«

»Ich bin es. Frage mich nicht, wo ich bin, Helen. Davon hängt alles ab.«

Meine Frau stieß beleidigt und enttäuscht die Luft aus. »Ich ... äh ... ich freue mich, deine Stimme zu hören, Jack.«

»Ich bin bei ihnen. Weißt du, wovon ich spreche?«

»Ich glaube schon.«

»Sie prüfen meinen Fall, Helen. Vielleicht nehmen sie mich bei sich auf. Ich hoffe, du bist in dieser Sache nicht mehr gegen mich.«

»Ich bin gegen dich«, knurrte sie.

Ich wickelte mir die Telefonstrippe um den Arm und drückte sie fest an meine Haut, wie einen Gebetsriemen. »Hast du etwas von Toby gehört.«

»Heute ist eine Postkarte gekommen.«

»Hat er etwas von seinem Gesundheitszustand erwähnt — leidet er unter Gliederschmerzen oder ähnlichem?«

»Er sagt nur, daß er bei einem Kanurennen mitgemacht hat. Ich soll ihn am siebenundzwanzigsten am Busbahnhof abholen.«

»Schreibt er nichts von Kopfschmerzen?«

»Nein.«

Ich gab dem Plastikmundstück einen Kuß. »Ich werde dich wieder anrufen, sobald ich kann. Leb wohl, Helen. Ich mag dich sehr.«

»Ich mag dich auch sehr, Jack — aber, bitte, komm dort raus. *Bitte!*«

Ich hängte ein und drehte mich zu Martina und Franz um. Hinter ihnen drückte eine räudige schwarze Ratte eine Siamkatze mit den Krallen zu Boden und machte sich daran, ihr die Kehle zu zerfleischen.

»Das hast du gut gemacht«, sagte mein Beschützer.

5

Die Wetteringenieure hatten gerade erst ihre Rheostate aufgedreht und den samstagmorgendlichen Himmel mit einem überwältigenden smaragdgrünen Sonnenaufgang überflutet, als Martina in mein Krankenzimmer gepoltert kam. Sie öffnete die Schublade meines Nachtkastens und holte ihr albernes Hufeisen heraus. »Es hat funktioniert!« frohlockte sie und hielt das Hufeisen hoch, als ob es ein Gabelknochen wäre, den wir gemäß dem alten Aberglauben brechen wollten, nach dem demjenigen, der den größeren Teil erwischte, ein Wunsch erfüllt würde.

»Ach?« sagte ich mit einem argwöhnischen Schnauben. Ich weigerte mich, in die Niederung des Aberglaubens hinabzusteigen — Psychoneuroimmunologie war etwas Wirkliches.

Sie ließ das Hufeisen in ihre Handtasche fallen. Ich hatte Glück gehabt, ließ sie mich wissen. Dem gewöhnlichen Antragsteller wurde normalerweise einen ganzen Monat lang im Hotel Paradies auf den Zahn gefühlt, während die Regierung über sein Schicksal entschied — in meinem Fall war es jedoch anders. Ich würde noch am selben Nachmittag — vorausgesetzt Dr. Krakower war einverstanden, mich gehen zu lassen — eine Unterredung mit Manny Ginsburg persönlich haben.

»Stell dir vor, Jack — dir ist eine Audienz beim Papst gewährt worden!«

Zwanzig Minuten später erschien Dr. Krakower, begleitet von dem ewig salbungsvollen Franz Beauchamps. Während Martina mich immer noch mit scheinbar echter Besorgnis betrachtete und Franz eine Art von schwärmerischem Mitleid an den Tag legte, untersuchte die Ärztin meine Verletzungen. Sie löste den Verband von meiner Kopfwunde, ertastete meine gebrochene Rippe durch das Klebepflaster — »das tut vielleicht ein bißchen weh«, hatte sie mich gewarnt, bevor sie einen Schmerzanfall auslöste — und erklärte mich vergnügt für reisefähig, obwohl sie mich gegen Sonnenuntergang noch einmal für eine weitere Untersuchung zu sehen wünschte.

Ich stieg in den Overall, den ich am Donnerstag für die Arbeit angezogen hatte: wie weit weg mir dieser Donnerstag erschien, wie entfernt und unwirklich. Martina und Franz führten mich durch die Eingangshalle der Klinik und durch den Park zum Ufer eines breiten Kanals, der auf einem Schild als *Jordan* bezeichnet wurde; sein Wasser war sauber und klar und roch angenehm nach einer Mischung aus Kräuterlimonade und Ahornsirup. Goldene Forellen huschten unter der Wasseroberfläche dahin wie die Spiegelungen von Mondstrahlen.

In neuem Anstrich prangend, lag eine rote Gondel am Anlegesteg vertäut. Wir stiegen ein. Während mein Beschützer das Boot mit der Stange abstieß und sein Ruder ins Wasser tauchte, weihte mich Martina in die Feinheiten hinsichtlich des Umgangs mit Papst Manny ein.

»Also zunächst einmal, er ist ein Ganzjähriger; er lebt ständig hier.« Für die meisten Schwindler, so führte Martina aus, war Satirev nur ein Stützpunkt, Zielort für periodisch durchgeführte Pilgerschaften, durch die man seine Begabung für die Verlogenheit erneuerte, während Manny Ginsburg niemals von hier wegging. »Das hat ihn ein wenig wunderlich gemacht«, erklärte sie.

»Das überrascht mich nicht«, sagte ich, während ein Wasserfrettchen aus dem Jordan sprang und sich einen arglosen getüpfelten Frosch vom Ufer schnappte.

»Spiele deine Hingabe an dein Kind so richtig hoch«, empfahl Martina. »Wie du Himmel und Erde bewegt hast, um ihn zu heilen. Der Mann liebt das Sentimentale.«

»Und sieh ihm nicht in die Augen«, fügte Franz hinzu. »Er haßt den direkten Blickkontakt.«

Mein Beschützer legte mit dem Boot an einem sauberen, stabilen, makellos weißgewaschenen Steg an, dessen Pfosten mit Nachahmungen von Pelikanen und Möwen aus Keramik verziert waren. Als gleichermaßen sauberes und ansprechendes Gebilde stand am Ufer eine Imbißbude oder möglicherweise eine Fischerhütte. Ein Schäferhund lag ausgestreckt auf der Fußmatte; sein Kopf beschrieb träge Kreise, da er die Flugbahn einer Libelle verfolgte.

»Der Heilige Stuhl«, sagte Martina und deutete in die entsprechende Richtung.

»Das ist eine Imbißbude«, berichtigte ich sie.

»Es ist der Heilige Stuhl«, sagte Franz, während er die Gondel mit Seilen am Steg festband.

»Wir verfügen vielleicht nicht ganz über den Etat, den wir gerne hätten«, sagte der Hund, »aber es handelt sich dennoch um den Heiligen Stuhl.«

Ich zuckte mit keiner Wimper. Allmählich gewöhnte mich an derlei Dinge.

Die Tür mit offenbar gut geölten Scharnieren flog schwungvoll auf, und ein kleiner, nervös wirkender, schielender Mann in den Sechzigern, bekleidet mit einem strahlend weißen Polyesteranzug und einer Jarmulka*, schlenderte gemächlich auf den Steg. Er wies Martina und Franz an, mich in einer Stunde abzuholen.

»Hast du Lust auf eine Tasse frisch aufgebrühten Kaffee?« fragte Manny Ginsburg, während er mich in seine Einraum-Residenz am Ufer führte. Der Schäferhund folgte uns, wobei seine Krallen laut über den Holzboden tapsten. »Schmeckt ziemlich gut.«

»Gern«, sagte ich und blickte mich um. Mannys Hütte war von innen so makellos wie von außen.

»Nimm dir einen Stuhl.«

Es gab keine Stühle. Ich setzte mich auf den Teppich.

»Übrigens, ich bin Ernst«, stellte sich der Hund vor und reichte mir die Pfote.

»Jack Sperry«, sagte ich und schüttelte Ernsts dargebotene Pfote. »Du kannst sprechen«, bemerkte ich.

»Dank eines bioelektrischen Implantats, das meinen Kehlkopf verändert.«

Manny huschte in die winzige Küche. Er hob einen Kupferkessel von dem Kerosinofen, füllte zwei Steingutbecher mit heißem Wasser und fügte jeweils einen Löffelvoll Pulver von Donaldsons Trinkbarem Kaffee hinzu.

»Du sagtest doch ›frisch aufgebrüht‹«, bemerkte ich mit veritasianischer Offenheit.

»Für *uns* ist er frisch«, sagte der Papst.

»Möchtest du mal hören, wie ein sprechender Hund einen Witz erzählt?« erkundigte sich Ernst.

»Nein«, antwortete ich wahrheitsgemäß.

»Oh«, sagte der Hund, offensichtlich tief getroffen von meiner schonungslosen Aufrichtigkeit.

Manny kam aus der Küche, mit einem Coca Cola-

---

* von orthodoxen Juden getragene Kopfbedeckung — *Anm. d. Übers.*

Tablett in der Hand, auf dem die Kaffeebecher, ein Milchkännchen und eine Dose mit der Aufschrift *Salz* standen.

»Das da droben ist eine sterile Welt. Unfruchtbar, lähmend, geistig verödend.« Manny stellte das Tablett neben mir ab und verdrehte die Augen gen Himmel. »Und bald wird all das unser sein. Zweifelst du daran? Hör zu — wir haben bereits jetzt schon zwanzig Schwindler in die Legislative eingeschleust. Ein Mensch mit unserer Begabung hat keine Schwierigkeiten, gewählt zu werden.«

»Du meinst — ihr wollt Veritas erobern?« fragte ich und achtete darauf, daß ich Manny nicht in die Augen sah.

Der Papst legte sich die Hände auf die Ohren. *»Bitte!«*

»Gebrauche nicht das Wort ›erobern‹«, tadelte mich der Hund.

»Wir werden Veritas *reformieren*«, sagte Manny.

Ich hielt den Blick starr auf den Teppich gesenkt. »Wahrheit ist Schönheit, Euer Heiligkeit.« Ich spreizte die Finger und ließ die bekannte Litanei vom Stapel. »Im Zeitalter der Lügen, als Politiker irreführende Reden schwangen, Werbeleute zu dick auftrugen, Kirchenleute übertrieben ...«

»Die Gründer von Satirev hatten nichts gegen das Aussprechen der Wahrheit.«

Manny tippte auf seine Jamulka.

»Aber sie haßten die Unfähigkeit, das Gegenteil zu tun. Die Wahrheit ohne Alternative, so sagten sie, ist Sklaverei, die lächelnd ertragen wird.« Er deutete mit seinem Kaffeebecher zur Decke. »Wahrheit über alles ...« Er setzte den Becher am Boden ab. »Würde tief unten.« Er kicherte leise. »In Satirev haben wir uns für das letztere entschieden. Magst du ihn süß?«

»Hm?«

»Deinen Kaffee? Süß?«

»In der Tat, ich hätte ganz gern etwas Zucker.«

Der Papst reicht mir den Salzbehälter. Ich streute mir einige Körner in die Handfläche und probierte. Es war Zucker.

»Mein Herz ist gebrochen«, sagte Manny und legte sich eine Hand auf die Brust. »Ich bin zutiefst erschüttert über die Sache mit deinem Toby.«

»Wirklich?«

»Ich bin zerschmettert.«

»Du kennst ihn doch nicht einmal.«

»Was du tust, ist so *edel!*«

»Ich bin derselben Ansicht«, warf Ernst ein. »Und ich bin nur ein Hund.«

Manny streute satirevianisches Salz in seinen Kaffee. »Ich habe nur eine Frage. Hör gut zu. Liebst du deinen Sohn?«

»Das hängt davon ab, wie man ...«

»Ich meine nicht, ob du ihn liebst, sondern ob du ihn *liebst*. Eine wahnsinnige, bedingungslose, nicht-veritasianische Liebe.«

Erstaunlicherweise — für mich, wenn auch nicht für den Papst — brauchte ich über diese Frage nicht nachzudenken. »Ich liebe ihn«, versicherte ich Manny und sah ihm dabei direkt in die Augen. »Es ist eine wahnsinnige, bedingungslose, nicht-veritasianische ...«

»Dann bist du aufgenommen«, sagte Manny.

»Herzlichen Glückwunsch«, sagte der Hund.

»Ich muß dich warnen — die Behandlung schlägt nicht in jedem Fall an.« Manny nippte an seinem Donaldsons. »Ich rate dir, dich der Sache mit allem, was du hast, hinzugeben — sogar mit deiner Seele, auch wenn du überzeugt davon bist, daß du keine hast. Und sieh mir bitte nicht in die Augen.«

Ich wandte den Blick ab, unschlüssig, ob ich mich

über meine Aufnahme freuen oder über die Möglichkeit meines Versagens in düsteres Grübeln verfallen sollte. »Wie stehen meine Chancen, was würdest du sagen?«

»Erstklassig«, sagte Manny.

»Wirklich ausgezeichnet«, bestätigte Ernst.

»Ich würde Geld darauf wetten«, setzte der Papst noch einen drauf.

»Natürlich«, gab der Hund zu bedenken, »könnte es auch sein, daß wir lügen.«

Am Sonntagmorgen wanderten Martina und ich durch den Wildwuchs von fünfblättrigem Klee außerhalb des Zentrums für Schöpferisches Wohlbefinden, und als wir die Kuppe des Hügels erreicht hatten, riefen wir bei Arnold Cook in seinem Haus im Bezirk Locke an. Nachdem sie behauptet hatte, meine Frau zu sein, erzählte Martina ihm, der Arzt hätte bei mir eine doppelseitige Lungenentzündung festgestellt und ich könnte mindestens eine Woche lang nicht zur Arbeit kommen. Ihre erfundene Geschichte bereitete mir schreckliche Kopfschmerzen und außerdem, um die Wahrheit zu sagen, eine Art sexuelle Erregung.

Der Museumsdirektor bekundete sein eingeschränktes Mitgefühl, und damit war das erledigt. Was für ein wundervolles Werkzeug, das Lügen, dachte ich: so praktisch und unkompliziert. Allmählich verstand ich, warum es in lange vergangenen Zeiten sich so weitreichender Beliebtheit erfreut hatte.

Gemeinsam spazierten Martina und ich durch den Park, während Franz Beauchamps sich mit aufdringlicher Unaufdringlichkeit im Hintergrund hielt. Sie ergriff meine rechte Hand; meine Finger wurden zu fünf erogenen Zonen. Heute würde sie nach Veritas zurückkehren, erklärte sie mir, wo sie endlich den

Vertrag für einen Job unterschrieben hatte, bei dem sie die Wahlreden für Doreen Hutter, eine Abgeordnete des Bezirks Descartes, schreiben sollte.

»Du wirst mir fehlen«, sagte ich.

»Ich komme wieder«, tröstete sie mich und knetete mit der freien Hand ihren barocken Zopf. »Wie alle Schwindler bin ich verpflichtet, mich an neunzig Tagen im Jahr in Satirev aufzuhalten. Den nächsten Freitag werde ich auf dem Jordan verbringen und Frettchen fischen.«

»Wirst du mich besuchen?« fragte ich diese dralle, exotische Frau.

Sie starrte zum Himmel hinauf und nickte. »Mit etwas Glück bist du dann schon ein Lügner«, sagte sie, während sie mit ihren hinreißenden Augen den Flug eines Schweins verfolgte. »Wenn du mir noch irgendwelche Worte der Wahrheit zu sagen hast, dann spukke sie jetzt besser aus.«

»Wahrheit?«

»Wir Schwindler können damit umgehen, hin und wieder jedenfalls.«

»Nun, ich nehme an, ich müßte sagen ...« Die Realität meiner Konditionierung kam mir ins Bewußtsein, bevor ich zu Ende gesprochen hatte. »Ich müßte sagen, daß ich ein bißchen in dich verliebt bin, Martina.«

»Nur ein bißchen?« fragte sie und führte mich zum Flußufer, wobei Franz nicht von unseren Fersen wich.

»Diese Dinge sind schwer mit Mengenangaben auszudrücken.« Zwei Gondeln waren am Anlegesteg angebunden; sie schaukelten auf den Kielwellen eines vorbeifahrenden Außenbordmotorbootes. »Darf ich dich nach deinen Gefühlen für mich fragen?«

»Ich möchte lieber nicht darüber sprechen.« Martina spreizte die Finger und befreite sich aus meinem

Griff. »Letzten Endes würden wir beide nichts davon haben, nichts als Kummer.« Sie stieg in ihre Gondel, nahm den Platz des Bootsführers im Bug ein und senkte das Ruderblatt ins Wasser. »Ich bin sicher, du wirst ein Satirevianer werden«, rief sie mir zu, während sie sich abstieß. »Ich setze großes Vertrauen in dich, Jack«, fügte sie hinzu, während sie in den Dreitausend-Watt-Sonnenaufgang entschwand.

Die Strömung trug Franz und mich nach Süden, an einer Reihe kleiner Häuschen am Ufer vorbei, die mit Gegenständen des schönen Scheins ausgestattet waren: Fußmatten mit Willkommenssprüchen, Blumenkästen, in den Rasen eingelegte Steinmuster in Form von Amoretten oder kleinen Holländerinnen. Mein Beschützer legte mit der Gondel vor einem zweistökkigen, mit Schindeln bedeckten Gebäude an, das in einer grellrosa Farbe gestrichen war und an dem in blinkendem Neon die Worte leuchteten: HOTEL PARADIES. Eine Steinmauer umsäumte das Gelände, unterbrochen von einem wuchtigen Tor, in das ein Fallgitter aus Eisen, ebenfalls rosafarben angestrichen, eingearbeitet war. Streben aus rosafarbenem Eisen verliefen kreuz und quer vor den Hotelfenstern, wie die Striche eines Zensorenstifts.

Ein plötzliches Quietschen: Die Fallgitter hoben sich mit der knirschenden Schwerfälligkeit einer automatischen Garagentür. Franz führte mich unter dem Torbogen hindurch, einen rosafarbenen Zementweg entlang und dann durch das Hauptportal zur Empfangstheke. Er nannte dem Mann am Empfang — *Leopold,* laut seinem Ansteckschildchen — meinen Namen; jener war ein pferdegesichtiger, übergewichtiger Mensch in den Vierzigern, bekleidet mit einem Hawaii-Hemd in so schreienden Farben, daß es hätte verboten werden müssen. Nach der Bestätigung, daß man tatsächlich einen Jack Sperry aus dem Bezirk Platon erwartete, gab Leopold mir einen rosafarbenen Kittel, auf dessen Brustteil NOVIZIAT aufgestempelt war. Er war ebenso geräumig geschnitten wie das Nachthemd des Zentrums für Schöpferisches Wohlbefinden, und ich hatte keine Mühe, ihn über meine Straßenkleidung zu streifen.

»Sie sehen wirklich todschick in dem Ding aus«, sagte Leopold.

»Sie sind einer der freundlichsten Menschen, denen ich je begegnet bin«, fühlte ich mich gedrängt ihm mitzuteilen.

Der Oberste Hoteldiener, ein spinnendürrer alter Mann, dessen Haut an die Rinde einer Warzenmelone erinnerte, geleitete mich durch einen langen Korridor, der mit Reproduktionen von Giotto- und Rembrandt-Gemälden geschmückt war. Franz, mein ewiger Schatten, folgte wie immer. Wir blieben vor einer rosafarbenen, vernieteten Tür stehen, die eher in den Tresorraum einer Bank als in ein Hotelzimmer zu führen schien — sie hatte sogar ein Kombinationsschloß. »Ihre Suite«, sagte der Hoteldiener, während wir alle drei eintraten.

Suite. Nun ja, sie war kleiner als der Sitz des Papstes und karger ausgestattet: keine Teppiche, keine Sessel, keine Fenster. Die Wände waren sauber und, wie vorhersehbar, rosafarben. Zwei Männer, einer groß, der andere klein, ruhten auf nebeneinanderstehenden Feldbetten und rauchten Zigaretten. »Ihre Mitbewohner«, sagte der Hoteldiener, während er und Franz sich zurückzogen. Die Tür fiel plötzlich ins Schloß, und dann war das gedämpfte Klicken der Verriegelung zu hören.

»Ich bin William«, sagte mein großer Zimmerkollege; er hätte gut Stürmer bei den Bezirksmannschaft von Platon sein können. »William Bell.«

»Ira Temple«, stellte sich sein schmächtiger Kamerad vor.

»Jack Sperry«, sagte ich.

Die folgende Stunde verbrachten wir damit, uns gegenseitig unsere Lebensgeschichten zu erzählen.

Ira, so erfuhr ich, war der typische Schwindler in der Ausbildung. Er haßte Veritas. Er wollte unbedingt heraus. Alles, so führte er aus, selbst die Unehrlichkeit, war besser als das, was er als das in der Stadt herrschende naturgegebene Durcheinander des Althergebrachten und Wahren bezeichnete.

Williams Geschichte ähnelte der meinen eher. Seine ältere Schwester Charlotte, der einzige Mensch auf der Welt, der ihm etwas bedeutete, war vor kurzem auf Amaranth gelandet, einem Planeten, der nur in ihrem Geist existierte. Wenn er lernen würde zu lügen, so sagte sich William, könnte er entweder in Charlottes mythische Welt reisen und sie von deren Wahnsinnsschwerkraft befreien oder sich selbst dort niederlassen.

Die Tür schwang auf, und herein kam ein kleiner, dunkelhäutiger Mann mit hängenden Schultern, einem kahlen Schädel und einer Art zu gehen, die mich an eine Ente mit Osteoporose denken ließ. »Im Laufe der nächsten Woche werdet ihr euch alle in mich verlieben«, sagte er ohne Einleitung und schwenkte seinen Klemmblock. »Ich werde euch so gut behandeln, daß ihr glauben werdet, ihr wärt gestorben und befändet euch im Himmel.« Er bedachte uns mit einem bösartigen kleinen Augenzwinkern. »Das ist eine Lüge. Ich bin Gregory Harness. Manny Ginsburgs derzeitiges Techtelmechtel. Ihr könnt mich Lucky nennen«, sagte er mit eindringlicher Schnellfeuer-Jovialität. »Der Papst bedauert zutiefst, daß er nicht hier sein kann, um euch persönlich einzuweisen, aber sein dichtgedrängter Terminplan erlaubt nicht ... wie auch immer, ihr müßt den Mist selbst erledigen. Wer von euch ist Sperry?«

Ich hob die Hand.

»Ich habe von deinem kranken Kind gehört«, sagte Lucky. »Das geht einem echt zu Herzen. Tragisch. Glaub mir, Sperry, ich werde bis zuletzt zu dir halten.«

Damit lag es also bei uns, uns dem Lügen hinzugeben, in die Gefilde des Betrugs hinabzusteigen, uns kopfüber, mit dem Gehirn zuerst, in die satirevianische Realität zu stürzen.

Bei Einbruch der Morgendämmerung lud Lucky uns in seinen Kleintransporter und fuhr mit uns an einen Ort, wo Geld auf den Bäumen wuchs; ein pekunärer Obstgarten von solchen Ausmaßen, daß daraus die Zinsen auf die nationale Verschuldung von Veritas hätten gezahlt werden können. Wir verbrachten einen schweißtreibenden, zermürbenden Tag unter den himmlischen Lampen und ernteten körbeweise Fünfdollarnoten.

Am Dienstagmorgen boten die Wetteringenieure ein furchterregendes Unwetter, bei dem ein Gestöber geschmolzenen Schnees nach dem anderen ganz Satirev vollständig lahmlegte und Lucky veranlaßte, breitschippige Schaufeln an uns zu verteilen. »Räumt das Zeug weg«, befahl er. »Auf allen Schnell- und sonstigen Straßen, Alleen, Wegen, Bürgersteigen und Anlegestegen.« Und wir gehorchten; unsere Haut warf Blasen vor Verbrennungen zweiten Grades, während wir Haufen um Haufen von dampfendem Niederschlag zum Jordan trugen und ihn über die

Uferböschung warfen. Lucky rieb uns die Stirnen mit Handtüchern ab, die er in das eisige Wasser getaucht hatte, löschte unseren Durst mit Limonade und verschaffte unseren Rücken mit der blasigen Haut Linderung durch Eukalyptusöl — aber er trieb uns den ganzen Tag über zur Arbeit an.

Mittwoch: Ein langweiliger Morgen, an dem wir sechsbeinigen Pferden Hufe verpaßten, ein ermüdender Nachmittag, an dem wir Satirevs zahllose Steingärten verschönerten. Meine Kameraden und ich fanden, daß diese Geschöpfe für Steine außerordentlich geschwätzig und von einzigartigem Selbstmitleid erfüllt waren. Die Steine beklagten ihren Mangel an Mobilität und Ansehen. Sie behaupteten, es sei eine Strafe, ein Stein zu sein. Wenn man sie schneiden würde, so behaupteten sie, dann würden sie bluten.

Weitere Lügen, Donnerstaglügen — unser gestrenger Aufseher belud seinen Lieferwagen mit Dosen voller Sprühfarbe und hetzte uns kreuz und quer durch Satirev; bei jeder öffentlichen Parkanlage blieb er stehen und befahl uns, das Gras purpurn, die Rosen blau und die Veilchen hellrot zu spritzen, eine Aufgabe, durch die meine Mitlehrlinge und ich am Schluß so gesprenkelt waren, daß wir aussahen wie eine Mischung aus allen Jackson-Pollok-Werken, die ich jemals kritisiert hatte. Als ich in dieser Nacht im Paradies auf meinem Feldbett lag, schwirrte mein gepeinigtes Gehirn vor Sinnestäuschungen — lavendelfarbener Kohl und karmesinrote Kartoffeln, indigoblaue Dschungel und chartreusebraune Eisberge, viereckige Baseballs, klapperdürre Walfische, große Zwerge und Schlangen mit langen, blassen zusätzlichen Beinen.

Weitere Lügen — Lügen, Lügen, Lügen. Am Freitag gab Lucky uns Jagdgewehre mit 22.er Kaliber, unterwies uns im Umgang damit und ließ uns unter Ausnutzung unserer veritasianischen Erziehung schwören, daß wir sie nicht gebrauchen würden, um zu fliehen. »Bevor der Tag sich neigt, muß jeder von euch ein fliegendes Schwein erlegt haben. Laßt euch nicht von ihrer lachhaften Anatomie täuschen — sie sind schlauer, als sie aussehen.« Also fand ich mich kauernd hinter einem Wald von neunschwänzigen Peitschen am Ufer des Jordan wieder, meine 22.er auf den Knien balancierend, während meine Gedanken um das rationale Manifest hinter meiner Dekonditionierung kreisten. Eine schwarze, knollige Form schwebte über den Fluß, wie der Schatten, den vielleicht eine gigantische Pferdebremse werfen würde, und ich erinnerte mich an die gründliche Lektüre, der ich *Alice im Wunderland* vor der Kritik unterzogen hatte. »Die Zeit ist gekommen«, sagte das Walroß, »um über viele Dinge zu reden.« Ich griff nach dem Gewehr, legte an und zielte; die Form flog entlang des Äquators meines Teleskop-Ausschnitts in östliche Richtung auf die Längsachse zu. »Von Schuhen — und Schiffen — und Siegelwachs — von Kohl und Königen.« Ich feuerte. »Und warum das Meer kochendheiß ist.« Das verdutzte Tier fiel quiekend herab. »Und ob Schweine Flügel haben.« Meine blutende Beute schlug aufs Wasser auf.

Wenn einem jeder Muskel weh tut, weil man sich bei der Ernte verschiedener Währungen so sehr angestrengt hat, dann zweifelt man nicht daran, daß Geld auf den Bäumen wächst. Wenn die gesamte Haut gezeichnet ist von den Nachwirkungen von zweihundert Grad heißen Schneeflocken, dann bleibt einem nichts anderes übrig, als ihre Existenz anzunehmen. Wenn jedes Teilchen der Konzentration darauf konzentriert ist, ein geflügeltes Schwein vom Himmel zu schießen, stellt man den ontologischen Status seiner Spezies nicht in Frage.

Das Hotel Paradies hatte nur einen einzigen Speisesaal, ein makellos sauberer Barraum, genannt Russischer Tee-Salon, und am Freitagabend führte uns Lucky dorthin zum Dinner aus. Schimmernde weiße Kacheln bedeckten die Wände. Die Hocker — mit roten vinylbezogenen Polstern, die auf leuchtenden Stahlgestellen thronten — ähnelten Art-Deco-Pilzen. Das Menü bot eine Vielfalt an ermordeter Kuh, mit beschönigenden Bezeichnungen wie ›Käse-Frikadellen‹, ›Hot Dogs‹, ›Hamburger‹ und ›Hackfleischröllchen‹. Lucky sagte, wir könnten bestellen, was wir wollten.

»Ich habe euch ganz schön hart rangenommen«, gab er zu, nachdem unsere Speisen aufgetragen worden waren.

»Eine Untertreibung«, erwiderte ich.

Lucky drehte den Deckel von der Flasche Quasitomatenketchup aus Veritas. »Sagt mir, Männer, fühlt ihr euch irgendwie anders?«

»Anders?« fragte Ira Temple, der gierig ein Hackfleischröllchen verschlang. »Eigentlich nicht.«

William Bell biß in seine Käsefrikadelle. »Ich bin derselbe wie eh und je.«

»Das Pensum für Samstag ist ziemlich umfangreich«, sagte Lucky, während er die Ketchup-Flasche schüttelte und blubbernde Kleckse auf seine Pommes frites goß. »Ihr werdet Zucker aus den Salzminen fördern, einem Sprachkurs mit Golden Retrievers beiwohnen und Ochsenkeulen zum Papst tragen, damit er sie segnet. Meine Erfahrung ist jedoch, wenn ihr bis jetzt noch keine Lügner seid, dann werdet ihr niemals welche werden.« Mit einer Direktheit, die man sonst in Satirev kaum antraf, blickte Lucky William in die Augen. »Was haben Schweine, mein Sohn?«

»Hä?«

»Schweine. Was haben die? Du hast dich doch gerade erst mit Schweinen beschäftigt — du kennst dich aus damit.«

William hielt den Blick starr auf seine halbgegessene Kuh gerichtet. Er grübelte fast eine Minute lang über die Frage nach. Endlich hob er den Kopf, drückte die Augen fest zu und stieß eine Art entzückten Jubelruf auf, wie ihn vielleicht im Zeitalter der Lügen ein Kind am Heiligen Abend von sich gegeben haben mochte. »Schweine haben Fl-flügel.«

»Was hast du gesagt?«

»Fl-fl-flügel!« William sprang von seinem Stuhl auf und tanzte um den Tisch. »Flügel!« sang er. »Flügel! Schweine haben Flügel!«

»Gut gemacht, William!« schrie Ira, und sein Gesicht drückte eine Mischung aus Neid und Eifer aus.

Lucky lächelte, schob sich eine Pomme frite in den Mund und streckte seine Gabel in Richtung Ira. »Jetzt bist du dran. Erzähl mir was vom Geld, Ira. Wo wächst das Geld?«

Ira holte tief Luft. »Nun, das ist keine leichte Frage. Einige Leute sagen, daß es überhaupt nicht *wächst*. Andere hingegen könnten anführen ...«

»Geld, mein Sohn. Wo wächst das Geld?«

»Auf Bäumen!« schrie Ira plötzlich.

»Wo?«

»Geld wächst auf Bäumen!«

»Und ich bin die Königin von Saba!« sagte William.

»Ich bin der König von Frankreich!« sagte Ira.

»Ich kann fliegen!« sagte Ira.

»Gott beschützt die Unschuldigen!«

»Jeder Schuldige bekommt seine Strafe!«

»Liebe währt ewig!«

»Das Leben ebenfalls!«

Lucky legte mir die knorrige Hand auf die Schulter. »Wie ist das mit dem Schnee, Jack?« fragte er. »Wie ist Schnee?«

Das angemessene Wort bildete sich in meinem Gehirn. Ich spürte, wie es mir auf der Zungenspitze lag wie ein Sandkorn. »Er ist ... er ist ...«

»Ist er zum Beispiel heiß?« fragte Lucky.

»Schnee ist h-h-h-«

»Heiß?«

»Kalt!« kreischte ich. »Schnee ist kalt.« Ich stöhnte auf.

William warf mir einen todbringenden Blick zu. »Jack, du siehst das alles ganz falsch.«

»Erinnerst du dich nicht an den Schneesturm?« fragte Ira.

Ich schüttelte mich vor Übelkeit, mir schwindelte vor Geschlagenheit. Verdammt. »Das Zeug, das sie hier herstellen, ist *unecht.*« Jack Sperry war gegen die Xaviersche Seuche angetreten — und jetzt war die Krankheit im Begriff zu gewinnen. »Es ist überhaupt kein Schnee.«

»Schnee ist heiß«, sagte Ira.

»Er ist *kalt!*« Ich stand auf und wankte durch den Russischen Tee-Salon. »Schweine fliegen nicht. Hunde können nicht sprechen! Wahrheit ist Schönheit!«

Ich ging aus dem Raum.

Die Hotelhalle war dunkel und stickig, durchströmt vom zuckerigen Aroma des Jordan. Der Nachtportier schlief an seinem Platz. Franz Beauchamps saß in einem Korbsessel neben einer eingetopften Palme, der Schatten eines Panamahutes fiel auf sein längliches Gesicht.

Ich taumelte zur Eingangstür. Sie war verschlossen.

Aber natürlich, man verließ Satirev entweder angefüllt mit Lügen oder mit Scopolamin, geleitet von Illusion oder Gedächtnisverlust; es gab keinen dritten Weg.

»Die Behandlung schlägt wohl nicht an?« sagte Franz, während er auf mich zukam. »Laß dich nicht entmutigen.«

»Ich bin am Boden zerstört«, jammerte ich.

»Aber, aber — morgen ist auch noch ein Tag für dich.« Franz nahm den Panamahut ab und legte ihn sich aufs Herz — eine Geste des Kummers, wie mir schien, die vorweggenommene Trauer um Toby Sperry. »Jemand möchte dich sprechen«, sagte er.

»Hm?«

»Du hast Besuch.«

»Wen?«

»Komm mit.«

Er führte mich an dem schlafenden Portier vorbei und durch den östlichen Korridor bis zu einer Stahltür, die untypischerweise weder eine Sicherheitsklinke noch Schloß oder Riegel aufwies. Auf einem Schild stand VIDEO-SPIELE. Franz drehte den Knopf.

Es gab keine Video-Spiele in dem Video-Spiele-Raum.

Dort stand ein blutroter Billard-Tisch.

Ein Druck von Picassos *Demoiselles d'Avignon.*

Martina Coventry.

»Hallo, Kritiker. Wir waren verabredet, erinnerst du dich?«

»Um dir die Wahrheit zu sagen, ich hatte es vergessen.«

»›Um dir die Wahrheit zu sagen‹? Was sind das für Worte aus dem Mund eines Satirevianers?« Martina kam auf mich zu, ihre ausgestreckte Hand flatterte wie ein wundersamer Vogel. »Du siehst unglücklich aus, mein Lieber.«

»Ich bin kein Satirevianer.« Ich ergriff ihre fleischige Hand. »Ich werde nie einer sein.«

Martina tippte gegen den Rand von Franz' Panamahut. »Mr. Sperry und ich möchten ungestört sein«, ließ sie ihn wissen. »Keine Angst, wir werden nicht miteinander Sex treiben oder irgend so etwas.«

Obwohl ich von Niedergeschlagenheit und Selbstmitleid durchdrungen war, entging mir nicht, wie Martina angezogen war. Wenn man ihren Minirock als Lampenschirm benutzt hätte, hätte er nicht bis zur Fassung der Glühbirne gereicht. Der Riemen ihrer grellen Handtasche verlief über ihren Brustansatz und straffte ihr T-Shirt mit dem Aufdruck DAS LEBEN IST EIN FEST über ihrem Busen, so daß ihre Brüste sich herauswölbten wie zwei geblähte Spinnakersegel.

Franz tippte an seinen Hut und ging in geduckter Haltung aus dem Raum.

»Wir wollen deine Gedanken von deiner Dekonditionierung ablenken.« Martina sprang auf den Tisch und streckte sich darauf aus. Sie sah aus wie das Reliefmodell einer besonders lüsternen und gebirgigen Landschaft.

»Leg dich neben mich.«

»Das ist keine gute Idee«, entgegnete ich. Es stimmte: eine Nummer mit ihr würde meine Probleme nicht lösen. Ich sollte in Martinas Geist eindringen und sonst in keinen Körperteil; ich sollte lernen, wie sie den entscheidenden Übergang von einer Veritasianerin zu einer Lügnerin geschafft hatte.

Sie sagte: »Möchtest du nicht?«

Ich schluckte hörbar. »Nein, ich möchte nicht.« Mein Blut erhitzte sich sprunghaft bis in die Nähe der Temperatur von satirevianischem Schnee.

»Nein?«

»Ich bin *verheiratet,* hast du das vergessen? Ich möchte nicht mit dir schlafen.«

Natürlich wollte ich. Mit jeder Faser meines Körpers wollte ich es — und jetzt setzte sich das Korrelat meiner Begierde in Szene und zog sowohl Martinas als auch meine eigene Aufmerksam auf sich.

Ich möchte nicht mit dir schlafen, hatte ich gesagt.

Doch der entschlossene kleine Held hatte sich erhoben und beulte meinen Overall im Schritt zu einer stoffumspannten Skulptur aus.

Ich hatte also gelogen. Zum erstenmal seit meinem Gehirnbrand hatte ich gelogen!

Ich warf meinen Kittel ab, schlüpfte aus dem Overall. »›Ich verberge meine Flügel in meiner Seele‹«, zitierte ich und kletterte auf Martina.

Ungestüm zerrte sie meine Boxershorts herunter; meine Erektion bohrte sich in die Freiheit, ein nichtwörtlicher Gefängnisausbruch. Ich hatte es geschafft, verdammt noch mal. Ich mochte einen veritasianischen Penis haben, aber ich hatte endlich eine satirevianische Zunge erworben.

»›Ihre Federn sind weich und trocken!‹« rief ich und schälte Martinas Rock ab.

»›Und wenn die Welt nicht hersieht!‹« jubelte sie.

»›Hole ich sie heraus und fliege!‹«

Ich mußte fast ein dutzendmal auf die Bremse meines Adäquats treten, während ich den südlichen Hang des Prosaischen Berges hinunterfuhr, in Richtung des saftig grünen Grases im Tal. Baracke an Baracke, Hütte an Hütte erstreckte sich das Lager Weg-mit-den-Kindern entlang einer kiefernbewachsenen Hügelkette zwischen dem schnell fließenden Wischiwaschi und einem still daliegenden Stausee. Zum erstenmal kam mir der Gedanke, daß Toby gar nichts von der

Idee halten könnte, das Lager zwei Tage früher als vorgesehen zu verlassen. Mit seiner beängstigenden Vielfalt an leichtsinnigem Treiben, seinen endlosen Vergnügungen und Ablenkungen, war Weg-mit-den-Kindern womöglich der Ort, an dem sich ein Siebenjähriger leicht vorstellen konnte, für immer zu leben.

Während ich den Wagen hinter das Verwaltungsgebäude steuerte, marschierte eine Gruppe von vorpubertären Kindern in gelben Weg-mit-den-Kindern-T-Shirts vorbei; sie umklammerten Angelruten. Ich betrachtete forschend ihre Gesichter. Kein Toby. Bruchstücke der bissigen Worte des Gruppenführers kamen mir in den Sinn, etwa mit dem Inhalt, daß der saure Regen alles Leben im Verseuchten See ohnehin zerstörte, so daß es gleichgültig war, wieviel sie fingen, da das Schicksal der Fische ohnehin besiegelt sei.

Ich betrat das Gebäude, eine schnell hingehauene Anhäufung von Teerpappe und Zedernschindeln. Ein Mann mit graumelierten Haaren und einem Dreitagebart saß hinter dem Schreibtisch und las die August-Nummer von *Gegenschlag.*

»Ich bin Toby Sperrys Vater«, sagte ich. »Und Sie sind ...?«

»Ralph Kitto.« Der Geschäftsführer des Lagers musterte mich mißtrauisch. »Sehen Sie, Mr. Sperry, es ist keine Frage, daß wir uns ziemlich verantwortungslos verhalten haben, indem wir diese Rattenfalle frei herumstehen ließen, wie es geschehen ist, aber ich glaube nicht, daß Sie uns deswegen juristisch belangen können.«

»Ich habe nicht die Absicht, Sie zu verklagen«, antwortete ich und genoß das Schauspiel des Aufleuchtens von Freude und Erleichterung in seinem Gesicht. Er kam nicht auf den Gedanken, daß ich lügen könnte.

»Wird Toby es überstehen? Ich fühle mich in dieser Angelegenheit bis zu einem gewissen Grad schuldig. Nicht so schlimm, daß ich damit nicht umgehen könnte, aber ...«

»Ich bin gekommen, um ihn nach Hause zu holen«, sagte ich. »Er wird morgen ins Krankenhaus kommen.«

»Das Leben ist hart, nicht wahr?« Ralph Kitto fächerte sich mit dem *Gegenschlag* Luft zu. »Nehmen Sie zum Beispiel mich. Ich wünsche mir dringend, einen besseren Wirkungskreis zu finden.«

»Ich kann mir vorstellen, daß die Kinder Sie verrückt machen — im übertragenen Sinn verrückt.«

»Wodka hilft etwas. Ich betrinke mich häufig.«

Kitto sah auf dem Einteilungsplan nach und erklärte mir, daß Toby wahrscheinlich noch auf dem Bogenschießübungsfeld war, einen Kilometer südlich den Wischiwaschi hinunter. Ich beglich die noch offene Rechnung für die Privatstunden meines Sohnes, dankte dem Leiter für seine Bereitschaft, sich für eine so undankbare Arbeit zu opfern, und machte mich entlang des Flusses auf den Weg.

Als ich bei dem Übungsfeld ankam, hatte mein Sohn soeben den Mittelpunkt der Zielscheibe um weniger als einen Zentimeter verfehlt.

»Guter Schuß, Toby, alter Kumpel!«

Er behielt seine Bogenschützenhaltung bei, nicht nur durch mein Auftauchen wie gelähmt, sondern auch durch die Art meiner Begrüßung. »Dad, was machst du denn hier?«

Ich hatte ihn seit einem Monat nicht mehr gesehen. Er erschien mir größer, dünner, von dunklerer Hautfarbe — älter —, wie er so dastand in seinem dreckigen T-Shirt und den Bluejeans, die er im letzten Frühjahr zu Shorts abgeschnitten hatte.

»Ich bin gekommen, um dich zu holen«, erklärte ich und ging so dicht wie möglich an ihn heran, ohne offensichtlich werden zu lassen, daß ich Krankheitssymptome bei ihm suchte. Sein Haar war dicht, dunkel und gesund aussehend wie immer. Seine Augen funkelten, sein Knochenbau wirkte stabil, seine gebräunte Haut zeigte keine Anzeichen von Blau.

»Nein, ich komme am Sonntag mit dem Bus.« Er legte einen Pfeil an. »Mom holt mich am Bahnhof ab.«

»Der Plan ist geändert worden. Sie mußte verreisen — es bahnt sich eine große UFO-Story in der Hegelschen Wüste an.« Ich empfand eine kleine, aber eindeutige Freude, den Geschmack der Wahrheit, der sich in meinem Mund verwandelte. »Wir sollten jetzt deine Sachen zusammenpacken. Wo ist deine Hütte?«

Toby nahm den Pfeil vom Bogen und benutzte ihn dazu, auf eine Ansammlung von Rundhütten, etwa zwanzig Meter von den Zielscheiben entfernt, zu deuten.

Der Bogenschießlehrer näherte sich uns, ein kantiger, wettergegerbter Kerl, der leicht humpelte. Toby stellte mich vor als den besten Vater, den ein Junge nur haben kann. Er sagte, daß er mich liebte. Seltsam, dachte ich, welche spontanen kleinen Gedanken durch die Köpfe von noch nicht gebrannten Kindern huschten.

Mein Sohn räumte seinen Bogen weg, und wir machten uns in Richtung seiner napfkuchenförmigen Behausung auf den Weg.

»Du bist schön braun geworden, Toby. Du siehst richtig gesund aus. Herrje, ich freue mich, dich zu sehen.«

»Dad, du redest so *komisch.*«

»Ich wette, du *fühlst* dich auch gesund.«

»In letzter Zeit habe ich öfter Kopfweh.«

Ich biß die Zähne zusammen. »Ich bin sicher, daß das nichts Ernsthaftes ist.«

»Schade, daß ich schon so früh von hier weg muß«, sagte er, während wir die schiefe Holzstiege zu seinem Zimmer hinaufkletterten. »Es war vorgesehen, daß Barry Maxwell und ich morgen zusammen Schlangen jagen sollten.«

»Hör zu, Toby, du machst einen besseren Tausch, als du ahnst. Du darfst noch einmal ganz lange Ferien machen.« In der Bude herrschte ein nur geringfügig größeres Chaos, als ich erwartet hatte — Kleidungsstücke lagen in unordentlichen Haufen übereinander, *Encyclopedia Britannica*-Comics stapelten sich in wildem Durcheinander. »Wir werden in einem unterirdischen Märchenland leben. Nur du und ich.«

»Was für ein Märchenland ist das?« fragte er argwöhnisch.

»Oh, es wird dir gefallen, Toby. Wir werden angeln und Eis essen.«

Toby lächelte breit, strahlend — ein satirevianisches Lächeln. »Das hört sich nett an.« Er öffnete seinen Koffer und machte sich daran, ihn vollzupacken: futuristische Flugzeugmodelle, T-Shirts, Arbeitsklamotten, Regenumhang, Comics, Taschenlampe, Henkelmann, Blechgeschirr und -besteck. »Kommt Mom auch mit?«

»Nein.«

»Ihr werden all die schönen Dinge entgehen.«

»Ihr werden all die schönen Dinge entgehen«, bestätigte ich.

Mein Sohn hielt ein gräßlich mißratenes Schlachtschiff hoch und verkündete stolz, daß er es im Werkunterricht gebastelt habe. »Wie gefällt es dir, Dad?«

»Ach, Toby«, antwortete ich, »es ist ganz toll.«

6

Zwölf Tore führen in die Stadt der Lügen. Jedes Jahr, wenn seine Hingabe an die Verlogenheit deutlicher wird, wenn seine Unehrlichkeit auf einem zuverlässigeren Fundament steht, wird dem satirevianischen Bekehrten der geheime Ort eines weiteren Tores verraten. Blutige Neulinge wie ich kannten nur einen: den Überlaufkanal nahe der Ecke Dritte und Bruno-Straße im Bezirk Nietzsche.

Wie viele Wege doch in den Abgrund führten! dachte ich, während Toby und ich das feuchte, moosbewachsene Labyrinth unter Veritas durchwanderten. Leitern, schräge Abwasserrohre, schmale Steintreppen — wir benutzten sie alle; unsere Taschenlampen schnitten durch die Dunkelheit wie Macheten, die dichtes Gestrüpp aus dem Weg räumen. Mein Sohn genoß jede Minute dieses Unternehmens. »Whao!« rief er jedesmal aus, wenn sich uns irgendein ekelhaftes Wunder darbot — eine Schnecke von der Größe einer Banane, ein unterirdischer See, in dem es von Fröschen wimmelte, ein Spinnennetz, das so groß und haltbar war wie ein Trampolin. »Hübsch!«

Nachdem wir an unserem Ziel angekommen waren, mieteten wir uns im Hotel Paradies ein. Im Gegensatz zu meiner früheren Unterkunft war die uns zugewiesene Suite sonnig und geräumig, mit Glastüren, die auf einen schmiedeeisernen Balkon hinausgingen, von dem man eine gute Übersicht über die lokale Fauna hatte.

»Dad, die Pferde hier haben sechs Beine!« Toby hüpfte vor Aufregung auf und ab. »Die Ratten jagen Katzen! Die Schweine haben Flügel! Das ist wirklich ein Märchenland!«

Es wurde bald offenkundig, daß ganz Satirev auf unsere Ankunft gewartet hatte. Wir waren die Männer der Stunde. Den Türstehern des Hotels Paradies waren unsere Gesichter sofort vertraut, und sie ließen uns ganz nach Belieben kommen und gehen. Franz und Lucky umschwärmten Toby, als wäre er ein lange verlorengeglaubter Bruder. Wenn wir im Gelände spazierengingen, kamen vollkommen Fremde auf uns zu, überzeugten sich davon, daß wir es wirklich waren, und schenkten dem tragischen Kind von Satirev irgendeine Süßigkeit oder ein kleines Spielzeug und bedachten seinen Vater mit einer Umarmung, die Ermutigung und Zuspruch ausdrückte.

Selbst Felicia war vorbereitet. Nachdem sie Toby eine Blutprobe abgenommen hatte — wir erklärten ihm, das Märchenland müsse sichergehen, daß Touristen keine Bakterien einschleppten —, zog sie sich in ihr Büro zurück und kam mit einem Plüschtier in der Hand zurück, einem erstaunlichen comicartigen Pavian mit akrobatischen Augen und einer etwa quadratischen, hundeähnlichen Schnauze.

»Das ist für dich, Regenbogenjunge«, sagte sie.

Tobys Gesicht verkrampfte und spannte sich; er schluckte hörbar. Er war nicht zu alt für Plüschtiere, sondern lediglich zu alt, um Spaß an ihnen zu haben, ohne sich zu schämen.

»Er braucht einen Namen, meinst du nicht?« sagte Dr. Krakower. »Keinen albernen Namen, würde ich sagen. Etwas Würdiges.«

Ich führte meine Begutachtung durch, wie ich es jede Stunde zu tun pflegte. Die Tatsachen waren allmählich nicht mehr zu leugnen — der bläuliche Schimmer der Haut, das Dünnerwerden des Haars.

Toby entspannte sich und lächelte. »Würdig«, sagte er. »Nicht albern. O ja.« Zweifellos spürte er die Wahrheit über sein neues Zuhause: in Satirev war alles erlaubt; in Satirev brauchte kein Junge vor seiner Zeit erwachsen zu sein. »Er soll Barnabas heißen. Barnabas Pavian.« Toby runzelte die Stirn und schob die Zungenspitze durch einen Mundwinkel heraus. »Vielleicht hat er irgendwelche Bakterien an sich.«

»Regenbogenjunge, du hast vollkommen recht.« Dr. Krakower zog mit der Nadel ihrer Spritze ein kleines Plüschknäuel aus Barnabas Arm. »Wir tun gut daran, eine Probe seines Füllmaterials zu entnehmen.«

Am Abend, kaum daß mein Sohn eingeschlafen war, rannte ich zu der Telefonzelle außerhalb des Hotels Paradies und rief beim Zentrum für Schöpferisches Wohlbefinden an. Dr. Krakower sagte mir genau das, was ich erwartete zu hören: Der Xavier-Test war positiv.

»Es ist noch lange nicht alle Hoffnung verloren«, sagte sie eindringlich.

»Ich weiß, was Sie meinen«, sagte ich und zitterte in der heißen sommerlichen Dunkelheit. Positiv. *Positiv.* »Wenn wir Toby die richtige Einstellung dazu geben, wird sich sein Immunsystem einschalten, und — *peng* — die Krankheit wird abklingen.«

»Genau.«

»Wie lange könnte sein Zustand einigermaßen stabil bleiben?«

»Das kann man nie sagen, Jack. Manchmal geht es eine ziemlich lange Zeit gut.«

Ich meldete ein Gespräch nach Veritas an.

»Hallo, Helen.«

»Jack? *Jetzt* rufst du an? *Jetzt*, nach zehn Tagen?«

»Ich hatte viel zu tun.«

»Dein Museumsdirektor hat eine Genesungskarte geschickt. Bist du krank?«

»Es geht mir schon wieder besser.«

»Jetzt ist ein ungünstiger Zeitpunkt, um zu reden«, sagte sie. »Ich muß mich schleunigst auf den Weg zum Busbahnhof machen.«

»Nein, das mußt du nicht. Ich habe Toby am Sonntag abgeholt.«

»*Was* hast du?«

»Er muß jetzt bei *mir* sein. Ich kann ihm die richtige Einstellung geben.«

»Willst du damit sagen — du bist einer von denen?«

»Hunde können sprechen, Helen.«

Ich sah lebhaft vor mir, wie sie weiß wurde und zusammenzuckte. »Halt den Mund!« kreischte sie. »Ich möchte meinen Sohn wiederhaben! Bring mir meinen Sohn zurück, du Scheißkerl, bildlich gesprochen.«

»Ich *liebe* ihn.«

»Bring ihn zurück!«

»Ich kann ihn heilen.«

»Jack!«

Während der heiße, schwüle Juli in den noch heißeren, schwüleren August verschmolz, verbrachten mein Sohn und ich viele Stunden im Freien — oder vielmehr an jenen offenen Plätzen, die in Satirev als das Freie galten. Gemeinsam erforschten wir die sumpfigen Grenzgebiete der Siedlung und sammelten Käfer und Amphibienwesen für Tobys Miniaturzoo. Die Geldhaine erwiesen sich als ausgezeichnete Übungsfelder für das Bogenschießen — wir pflegten mit unseren Pfeilen auf die Fünfdollarnoten zu zielen —, während die brodelnden Schneeflächen bald mit den Ergebnissen unserer bildhauerischen Bemühungen übersät waren: Schneemänner, Schneehunden, Schneepavianen. Es war alles nur eine Sache von gut isolierten Handschuhen.

Und schließlich gab es noch den Jordan, in dem man vorzüglich schwimmen und — wenn es uns gelang, ein Boot auszuleihen — angeln konnte. »Gefällt es dir hier?« fragte ich Toby, während ich meine Angelschnur mit einem doppelseitigen Haken auswarf.

»Es ist ziemlich seltsam.« Eifrig arbeitete er an seiner Spule und holte ein Wassergürteltier an Bord.

»Dir geht es trotzdem unheimlich gut, was, Kumpel? Du bist so richtig fröhlich.«

»Ja, ja«, sagte er in gelassenem Ton.

»Was gefällt dir besonders gut? Die Schneemänner?«

»Die Schneemänner sind toll.«

»Und das Angeln?«

»Angeln gefällt mir.« Toby stellte seinen Stiefel auf die linke Kieme des Gürteltiers und zog ihm den Haken aus dem Mund.

»Und unsere Bogenschießübungen gefallen dir doch auch, oder nicht?« Ich bewunderte die Beschaffenheit des Gürteltiers — seinen rhombenförmigen Körper, die schlanken Schuppen, die dynamischen Flossen. »Und das Schwimmen?«

»A-ha. Ich wünschte, Mom wäre hier.«

Ich bestückte meinen Haken mit einer satirevianischen Schnecke als Köder. »Ich auch. Was gefällt dir noch?«

»Ich weiß nicht.« In einem krampfartigen Anfall von Gnade warf er das Gürteltier über Bord. »Mir gefällt die Art, wie Fremde mir Bonbons schenken.«

»Und das Angeln gefällt dir auch, stimmt's?«

»Das habe ich schon gesagt«, erwiderte Toby geduldig. »Dad, warum fallen mir die Haare aus?«

»W-wie bitte?«

»Meine Haare. Und meine Haut sieht auch so komisch aus.«

Ich erschauderte und riß mir mit dem Angelhaken den Daumen auf. »Kumpel, es gibt etwas, über das wir reden sollten. Erinnerst du dich an die Blutprobe, die Dr. Krakower von dir genommen hat? Es scheint, als hättest du einige Bakterien in dir. Nichts Ernstes — man nennt es die Xaviersche Seuche.«

»Wessen Seuche?«

»Xaviers.«

»Wie kommt es dann, daß *ich* sie bekommen habe?«

»Viele Menschen bekommen sie.«

Toby spießte eine Schnecke auf seinen Angelhaken. »Ist das der Grund, warum meine Haare ...?«

»Wahrscheinlich. Vielleicht mußt du eine Medizin bekommen. Du bist nicht richtig krank.« O Gott, wie ich mich freute, das sagen zu können. Welche Macht! »Es ist jetzt wichtig, daß du guter Dinge bleibst. Du mußt dir einfach selbst sagen: ›Diese blöden alten Xavierschen Bakterien können *mir* nichts anhaben. Mein Immunsystem ist zu kräftig.‹«

»Mein was?«

»Immunsystem. Sag es, Toby. Sage: ›Diese blöden alten Xavierschen Bakterien können *mir* nichts anhaben.‹ Los!«

»Diese blöden alten Xavierschen Bakterien können *mir* nichts anhaben«, wiederholte er zögernd. »Stimmt das, Dad?«

»Worauf du dich verlassen kannst. Du hast doch keine Angst, oder?«

Toby rieb sich die blaue Stirn. »Ich glaube nicht.«

»So ist es recht, Kumpel.«

Wenn mein Sohn nicht zu alt war für Plüschtiere, dann war er auch nicht zu alt für Gutenachtgeschichten. Wir lasen jeden Abend zusammen, eingekuschelt in das weiche, schmeichelnde Bettzeug und die glatten Baumwolldecken des Paradies, und arbeiteten uns durch einen Stapel von Büchern, die irgendwie der Wittgensteinschen Säuberungswut entgangen waren — *Tom Sawyer, Die Schatzinsel, Corbeau der Pirat* und als bestes von allem die prachtvolle Ausgabe einer Märchensammlung, mit Ledereinband und Goldschnitt. Beim Lesen der Gebrüder Grimm zitterte ich nicht nur wegen der Erregung über den Genuß verbotener Früchte — wie wagemutig ich mir vorkam bei der Beschäftigung mit Material, das ich normalerweise nur als Vorspiel zur Verbrennung las —, sondern auch wegen der eigenartigen Unmoral und der psychosexuellen Einblicke, die die Geschichten selbst boten. Tobys Lieblingsmärchen war *Rumpelstilzchen,* das erstaunlicherweise das Verlangen eines alten Mannes nach einem Baby zum Thema hatte. Mein Favorit hingegen war *Dornröschen.* Ich identifizierte mich vollkommen mit dem Vater — mit seiner wahnwitzigen, herodesartigen Unternehmung, jedes Spinnrad im ganzen Königreich zu vernichten. Für mich war er ein Held.

»Warum wollte Rumpelstilzchen unbedingt ein Baby?« fragte Toby.

»Es gibt nichts Schöneres als ein Baby«, antwortete ich und hatte dabei das Gefühl, die Wahrheit zu sagen. »Rumpelstilzchen wußte, was er brauchte.«

Wann immer Martina in Satirev war, unternahm sie gemeinsam mit uns Ausflüge — zum Wandern, Schwimmen, Angeln, Käfersammeln —, und ich war mir nicht ganz schlüssig darüber, was Toby von ihr hielt. Sie kamen bestens miteinander aus, selbst in bezug auf ganz persönliche zweideutige Späße über Barnabas Pavian, doch gelegentlich entdeckte ich ein aufflackerndes Unbehagen in den Augen meines Sohnes. Wenn er ein bereits gebranntes Kind wäre, hätte er sich natürlich ganz offen geäußert. Dad, ist Martina deine Geliebte? Dad, schläfst du mit Martina?

Worauf die wahrheitsgemäße Antwort gelautet hätte: nein. Seit Tobys Ankunft war mir das Verlangen nach erotischen Abenteuern vergangen. Martina erhob keinen Protest; wie ich bedauerte sie unser Gerangel auf dem Billardtisch: Ehebruch war immerhin etwas Unrechtes — das wußte selbst ein Schwindler. Also hatten sich Martina und ich dieser umfassenden Bevölkerungsschicht zugesellt, deren Freundschaft die Grenze zum Beischlaf kaum einmal überschritten hatte, gefolgt von Verschanzungs- und Rückzugsmaßnahmen; wir unterhielten eine Beziehung, die sich nur ein einziges Mal in einem denkwürdigen Geschlechtsakt verdichtet hatte.

Meistens gingen wir drei zusammen in den Russischen Tee-Salon zum Abendessen. Das Personal war vernarrt in Toby; er bekam soviel Hamburgers, Hot dogs und Pommes frites, wie er nur essen konnte, und soviel Milchshakes, wie er nur trinken konnte. Niemand konnte behaupten, der Tee-Salon hätte nicht seinen Teil dazu beigetragen, Toby bei Laune zu halten, niemand konnte behaupten, man hätte ihn dort nicht in eine bekömmliche Stimmung versetzt. Der Geschäftsführer war ein dürrer, drahtiger, überschwenglicher Mann anfang Fünfzig namens Norbert Vore (augenscheinlich nahm er selbst seine ansetzende und kräftigende Kost nicht zu sich), und als er spürte, daß aus der Sicht des Jungen das Restaurant hinsichtlich des Nachtischs zu wünschen übrigließ, nahm er sich unverzüglich der Angelegenheit an und erlernte die Zubereitung von Erdbeerkuchen und köstlicher Zitronen-Meringen-Torte. Norberts Baisers, sein Fondant-Nußkuchen und die Kirschtorte ließen Toby von einem Ohr zum anderen strahlen. Seine Schokoladenparfaits waren so luftig und erhebend, daß sie an sich schon ein Heilmittel zu sein schienen.

Es geschah im Russischen Tee-Salon, daß Toby und ich zum erstenmal eine seltsame Eigenart bei den Satirevianern bemerkten. Etwa ein Viertel von ihnen trug Sweatshirts mit einem aufgedruckten valentinsartigen Herz, das über den Großbuchstaben H.E.R.Z. schwebte. »H.E.R.Z., was soll das bedeuten?« fragte mein Sohn eines Abends Martina, während wir uns über eine besonders köstliche Eiscreme-Kreation hermachten — ein Gebilde, dem Norbert den Namen ›Wonnemond‹ gegeben hatte.

»Das ist so etwas wie ein Club — die Mitglieder kommen zusammen und reden über Philosophie. Weißt du, was Philosophie ist, Toby?«

»Nein.«

»Das H steht für Heiterkeit, das E für Einheit.«

»Und das R, und das Z?« wollte Toby wissen.

»Realität und Zukunft.«

H.E.R.Z. Das war, so erklärte Martina, nachdem Toby zu Bett gegangen war, eine Organisation, die die Ganzjährigen gegründet hatten, und zwar — so stellte sie es dar — um des ›Denkens guter Gedanken über deinen Sohn und damit der Beschleunigung seiner Heilung‹ willen. H.E.R.Z., die Heilungs- und Erheiterungs-Runde für die Zukunft Tobys. Sie trafen sich jeden Dienstagabend. Sie trugen sich mit der Absicht, ein Mitteilungsblatt herauszugeben.

Noch nie in meinem Leben war ich so tief bewegt,

so gerührt gewesen. Meine Seele sang, meine Kehle wurde hart wie ein Holzapfel. »Martina, das ist *ungeheuerlich*. Warum hast du mir bis jetzt nichts von H.E.R.Z. erzählt?«

»Weil ich dabei eine Gänsehaut bekomme.«

»Eine Gänsehaut?«

»Dein Sohn ist krank, Jack. *Krank*. Er braucht mehr als H.E.R.Z. Er braucht ... nun, ein Wunder.«

»H.E.R.Z. ist ein Wunder, Martina. Verstehst du das nicht? Es *ist* ein Wunder.«

Es gibt nichts annähernd so Aufregendes wie das Zusammensein eines Großteils der Zeit mit dem eigenen Kind, und nichts annähernd so Langweiliges. Ich werde ehrlich sein: Als Martina anbot, mich für eine Stunde oder zwei von Toby zu erlösen — sie wollte ihm helfen, Musterexemplare für seinen Miniaturzoo zu finden —, bat ich sie, den ganzen Tag mit ihm zu verbringen. Selbst der Vater von Dornröschen, davon bin ich überzeugt, würde ihrer gelegentlich überdrüssig.

Es war eine Stunde nach seiner gewöhnlichen Schlafengehenszeit, als Toby zum Paradies zurückkehrte, beladen mit der Ausbeute des Tages — einem Dutzend Flaschen und Käfigen voller gummiartiger Molche, klebriger Salamander, stachliger Tausendfüßler und verstimmter Laubfrösche, deren Gequake sich wie Fahrradklingeln anhörte.

Ich brachte es nicht fertig, mich an ihnen zu erfreuen.

»Dad, ich fühle mich nicht so gut«, sagte er, während er die verschiedenen Terrarien auf dem Couchtischchen abstellte.

»Ach?« Jetzt geht es also los, dachte ich. Das ist der Anfang. »Was heißt das?«

»Der Kopf tut mir weh.« Toby drückte sich die Hände vor den Leib. »Und mein Bauch. Sind das diese Bakterien, Dad?«

»Denke immer daran, letzten Endes können sie dir nichts anhaben.«

»Wegen meines Immunsystems?«

»Kluger Junge.«

Toby wachte während der Nacht immer wieder auf, seine Temperatur schnellte bis auf 39 Grad hoch; sein Fleisch bebte, die Knochen klapperten, die Zähne schlugen aufeinander. Er schwitzte wie ein Geldnotenpflücker in den Plantagen. Viermal mußte ich sein Bettzeug wechseln. Es stank nach Salzlake.

»Ich glaube, wir statten morgen mal dem Krankenhaus einen Besuch ab«, sagte ich.

»Krankenhaus? Ich dachte, mir fehlt nichts Ernstes.«

»Dir fehlt nichts *Ernstes.*« Oh, diese Macht, die Macht! »Dr. Krakower will dir nur eine Arznei geben, das ist alles.«

»Ich glaube, ich kann nicht schlafen, Dad. Liest du mir etwas vor, von Rumpelstilzchen oder Piraten oder so was?«

»Natürlich. Klar. Bleib nur fröhlich, dann geht es dir bald wieder gut.«

Am nächsten Morgen ging ich mit Toby ins Zentrum für Schöpferisches Wohlbefinden, wo ihm ein Platz auf der Kinderstation zugewiesen wurde, ein großes Privatzimmer, das sich trotz seiner Geräumigkeit schnell mit der Krankheit meines Sohnes anzufüllen schien, einer kranken, fahlen Ausstrahlung, die vom Bettrahmen ausging, den Nachttisch bedeckte und die hochklappbare Elternliege in der gegenüberliegenden Ecke einhüllte. Seine Haut wurde immer blauer; seine Temperatur stieg: 39; 39,5; 40; 40,5

Grad. Gegen Abend waren die Lymphknoten unter seinen Armen bis auf die Größe von verknöcherten Trauben angewachsen.

»Wir können das Fieber mit Azetamonophen und Alkoholbädern senken«, sagte Dr. Krakower, während sie mich in ihr Büro führte. »Und ich glaube, wir sollten ihm Pentamidin verabreichen. Es ist bekannt dafür, daß es gegen *Pneumocystis carinii Wunder* wirkt.«

»Echte Wunder?«

»O ja. Wir sollten ihn besser auf intravenöse Ernährung umstellen. Ich möchte es außerdem mit reinem Sauerstoff versuchen, vielleicht mittels eines Inhalators. Das wird seinen Geist klar halten.«

»Frau Doktor, wenn er dem Tod nicht entkommt ...«

»Wir sollten so etwas nicht sagen.«

»Wenn er dem Tod nicht entkommt, wie lange wird er dann noch leben?«

»Ich weiß es nicht.«

»Zwei Wochen?«

»O ja, zwei Wochen bestimmt, Jack. Zwei Wochen kann ich Ihnen praktisch *versprechen.*«

Obwohl Martinas Job des Redenschreibens für die Bezirksabgeordnete Doreen Hunter sie jeden Morgen voll beschäftigte, richtete sie es so ein, daß sie die Nachmittage an Tobys Bett verbringen konnte, um ihm glückliche Gedanken einzugeben. Sie legte ihm nahe sich vorzustellen, daß er allmählich in den Zustand des Scheintods überging, damit er die Voraussetzung hätte, als erster Junge in einem Raumschiff über unser Sonnensystem hinausbefördert zu werden: deshalb drückte und weitete der Inhalator seine Brust, um seine Lunge auf die interstellare Reise vorzubereiten; deshalb führte das Plastikröhrchen in seinen linken Arm, um ihn mit ausreichenden Nährstoffen für den Winterschlaf zu versorgen; deshalb die Plastikmaske — die Sauerstoffzufuhr für den Raketenreisenden —, die ihm über Mund und Nase gebunden war.

»Wenn du wieder aufwachst, Toby, wirst du dich auf einem anderen Planeten befinden — in der Zauberwelt von Lulalun!«

»Lulalun?« Durch die Sauerstoffmaske hörte er sich weit entfernt an, als ob er bereits im All wäre. »Ist es dort so gut wie in Satirev?«

»Besser.«

»So gut wie im Sommerlager?«

»Doppelt so gut.«

Toby streckte die Hand aus und bewirkte ein Verzwirbeln seiner Traubenzuckerzuleitung, wodurch der Fluß dessen, was Martina ihm gegenüber als flüssige Pommes frites dargestellt hatte, unterbrochen war. »Mir gefallen deine Spiele«, sagte er.

Ich streichelte meinem Sohn den immer kahler werdenden Kopf. »Wie gut funktioniert deine Phantasie?« fragte ich ihn.

»Ziemlich gut, nehme ich an.«

»Kannst du dir vorstellen, daß Mr. Medizin sich diese häßlichen alten Xavierschen Viren schnappt?«

»Klar.«

»Schnapp sie, Mr. Medizin. Schnapp sie und mach sie fertig! Richtig so, Toby?«

»Richtig«, ächzte er.

Eine Woche lang blieb Toby einigermaßen vergnügt, doch dann überfiel ihn ein seltsamer veritasianischer Trübsinn und verdunkelte seine Stimmung ebenso erbarmungslos, wie die *Pneumocystis carinii* seine Lungenflügel verdunkelte. »Mir ist nicht gut«, sagte er eines Nachmittags zu Dr. Krakower, als diese

Anstalten traf, ihm eine zweite intravenöse Nadel zu setzen, diesmal in den rechten Arm. »Ich glaube, diese Medizin taugt nichts. Mich friert.«

»Nun, Regenbogenjunge«, sagte sie, »die Xaviersche ist kein Spaß, ich wäre die letzte, die das leugnen wollte — aber du wirst wieder auf den Beinen sein und herumrennen, bevor du weißt, was geschehen ist.«

»Mein Kopf tut immer noch weh, und meine ...«

»Wenn die eine Medizin nicht wirkt«, warf ich schnell ein, »dann gibt es immer noch eine andere, mit der wir es versuchen können — nicht wahr, Dr. Krakower?«

»Aber ja.«

Martina ergriff Tobys Hand und drückte sie fest, während Dr. Krakower die Nadel in seine Ader schob.

Toby wimmerte und fragte: »Sterben Kinder eigentlich jemals?«

»Das ist eine merkwürdige Frage, Regenbogenjunge«, sagte Dr. Krakower.

»Sterben sie?«

»Das kommt sehr, sehr selten vor.« Die Ärztin öffnete den Zulauf an Tobys Meperidin-Tropf.

»Sie meint niemals«, erklärte ich. »Denke nicht einmal daran, Toby. Das schadet nur deinem Immunsystem.«

»Er fühlt sich wirklich sehr kalt an«, sagte Martina, deren Hand noch immer von Tobys umklammert war. »Könnten wir die Heizung nicht etwas höher stellen?«

»Sie läuft auf vollen Touren«, sagte Dr. Krakower. »Seine elektrische Wärmedecke steht auf der höchsten Stufe.«

Das Narkotikum sickerte in Tobys Neuronen. »Ich friere«, sagte er benommen.

»Bald wird dir warm sein«, log ich. »Sag einfach: ›Schnapp sie, Mr. Medizin! Schnapp sie!‹«

»Schnapp sie, Mr. Medizin«, sagte Toby mit ersterbender Stimme. »Schnapp ... schnapp ... schnapp ...«

Es war also höchste Zeit, ernst zu werden; es war höchste Zeit, daß Dornröschens Vater auch das allerletzte Spinnrad aufstöberte und es in Stücke hackte. Sobald Dr. Krakower aus dem Zimmer gegangen war, wandte ich mich an Martina und bat sie, eine Verbindung mit dem Präsidenten der Heilungs- und Erheiterungs-Runde für die Zukunft Tobys für mich herzustellen.

Anstatt meiner Bitte zu entsprechen, schnaubte Martina lediglich. »Jack, ich kann mich des Gefühls nicht ganz erwehren, daß du einer Niederlage zustrebst.«

»Was meinst du damit?«

»Eine Niederlage, Jack.«

»Was für ein Pessimismus! Weißt du nicht, daß die Psychoneuroimmunologie eine der Schlüsselwissenschaften unseres Zeitalters ist?«

»*Sieh* ihn dir doch nur an, Jack, verdammt noch mal! Sieh dir Toby an. Seine Lebensspanne ist nur noch geborgte Zeit. Das weißt du doch, nicht wahr?«

»Nein, das weiß ich *nicht!*« Ich warf ihr einen mörderischen Blick zu. »Selbst wenn die Zeit tatsächlich geborgt ist, bedeutet das nicht, daß es nicht die beste Zeit sein kann, die der Junge jemals erlebt hat.«

Sie gab mir die Information, die ich brauchte. Anthony Raines, Suite 42, Hotel Paradies.

Ich ging den Hang außerhalb des Zentrums für Schöpferisches Wohlbefinden hinauf und wählte die entsprechende Telefonnummer. Der Präsident von H.E.R.Z. nahm beim ersten Läuten ab.

»Jack Sperry?« japste er, nachdem ich mich vorgestellt hatte.

»*Der* Jack Sperry? Wirklich? Meine Güte, was für ein Zufall. Wir hatten gehofft, Sie würden uns ein Interview für die *Toby Times* gewähren.«

»Wofür?«

»Unsere erste Ausgabe erscheint morgen. Wir bringen Geschichten über die schöne Zeit, die Sie und Toby hier gehabt haben, über sein Lieblingsspielzeug und seine Lieblingssportart; wir berichten, welche Analgetika und Antibiotika er nimmt — all die Dinge, die unsere Mitglieder interessieren.«

Die *Toby Times.* Ich fand die Vorstellung gleichzeitig anregend und geschmacklos. »Mr. Raines, mein Sohn ist gerade erst ins Krankenhaus gekommen, und ich hatte gehofft ...«

»Ich weiß — darum geht es in unserer Aufmacherstory. Ein Rückschlag, gewiß, doch kein Grund, die Hoffnung aufzugeben. Hören Sie zu, Jack — darf ich Sie Jack nennen? —, wir von H.E.R.Z. wissen, daß Sie auf dem richtigen Weg sind. Wenn Toby erst einmal mit dem kosmischen Puls im Einklang ist, wird sich sein Energiefeld wieder einrichten, und dann ist er über den Berg.«

Je länger Anthony Raines mit seiner ruhigen, ausgeglichenen Stimme sprach, desto besser ging es mir — und desto schärfer umrissen wurde meine Vorstellung von ihm: ein großer, unkonventioneller, goldhaariger Lebenskünstler mit strahlenden blauen Augen und einem hängenden, leicht liederlichen Schnauzbart.

»Mr. Raines, ich möchte gern Ihre Kräfte mobilisieren.«

»Nennen Sie mich Anthony. Worum geht's?«

»Nur um das eine — während der nächsten beiden

Wochen soll Toby Sperry das glücklichste Kind auf der Welt sein.« Kein Spinnrad würde meiner Aufmerksamkeit entgehen, lautete mein schweigendes, feierliches Gelöbnis. »Machen Sie sich keine Gedanken wegen der Unkosten«, fügte ich hinzu. »Wir lassen alles über meine MasterCred-Karte laufen.«

Ich stellte mir vor, wie Anthony Raines seine buddhaähnlichen Gesichtszüge zu einem entschlossenen Lächeln anordnete. »Mr. Sperry, H.E.R.Z. ist gerne bereit, Ihnen in jeder in seiner Macht stehenden Weise zu helfen.«

Am nächsten Abend besuchte der Nikolaus das Zentrum für Schöpferisches Wohlbefinden.

Sein rotes Gewand leuchtete wie glühende Kohle. Der weiße Bart lag auf seiner Brust wie ein gefrorener Wasserfall.

»Wer bist *du* denn?« fragte Toby und richtete sich mühevoll zwischen dem Gewirr von Schläuchen auf. Mit jedem neuen Tag schien eine weitere Infusion erforderlich zu werden: Glukose, Meperidin, Salzlösung, Ringers Laktat; die verschiedenen Schläuche wanden sich um ihn wie ein externes Kreislaufsystem. »Kenne ich dich?« Mit einem kühnen Schwung zog er sich die Plastikmaske vom Gesicht, als ob allein schon die Anwesenheit dieses wuchtigen Heiligen seine Lunge irgendwie befreit hätte.

»Hallo, mein Junge«, sagte der Nikolaus mit einem herzlichen Schmunzeln: es war natürlich Sebastian — Sebastian Arboria —, der dicke, leutselige Schwindler, der die Versammlung in dem Eisenbahnschuppen geleitet hatte; ich hatte Anthony Raines ermächtigt, ihn für zwanzig Dollar in der Stunde zu engagieren. »Du kannst mich Nikolaus nennen, oder Weihnachtsmann, wenn dir das lieber ist. Weißt du was, Toby? Es

wird bald Weihnachten sein. Hast du jemals von Weihnachten gehört?«

»Ich glaube, das haben wir mal in der Schule durchgenommen. Ist das nicht angeblich etwas Blödsinniges?«

»Blödsinnig?« sagte Sebastian mit gespielter Empörung. »Weihnachten ist das Wundervollste, was es gibt. Wenn ich ein Junge wäre, würde ich Weihnachten ganz *toll* finden. Ich würde mich mit jeder Faser meines Körpers darauf freuen. Ich wäre so voller Glückseligkeit, daß kein Platz mehr wäre für die Xaviersche Seuche.«

»Ist Weihnachten eine warme Zeit?« Toby hatte jetzt überhaupt keine Haare mehr. Er war kahl wie ein Ei.

»Am Abend vor Weihnachten fliege ich in meinem Schlitten über die Erde, besuche jeden Jungen und jedes Mädchen und lasse ihnen sehr schöne Sachen da.«

»Wirst du auch mich besuchen?«

»Natürlich werde ich auch dich besuchen. Was wünschst du dir denn zu Weihnachten, Toby?«

»Du kannst *alles* bekommen«, warf ich ein. »Nicht wahr, Nikolaus?«

»Ja, alles«, bestätigte Sebastian.

»Ich möchte meine Mutter sehen«, sagte Toby.

Felicia Krakower zuckte zusammen. »Das fällt nicht so ganz in den Zuständigkeitsbereich des Weihnachtsmanns.«

»Ich möchte nicht mehr frieren.«

Sebastian sagte: »Ich meine eigentlich ... etwas wie Spielzeug. Ich werde dir Spielzeug bringen.«

»Such dir etwas ganz Besonderes aus«, forderte ich ihn beharrlich auf. »Zum Beispiel dieses Automatikpony, das du dir schon lange wünschst.«

»Nein, das wünsche ich mir zum *Geburtstag*«, berichtigte mich Toby.

»Warum läßt du es dir nicht zu Weihnachten schenken?« schlug Martina vor.

Toby zog sich seine Raketenreise-Sauerstoffmaske wieder übers Gesicht. »Na gut … ich schätze, ich wünsche mir ein Automatikpony.« Seine Worte prallten an dem glatten grünen Plastik ab.

Sebastian sagte: »Ein Automatikpony also, ja. Nun — wir werden sehen, was sich machen läßt. Soll es eine bestimmte Art von Automatikpony sein?«

»Eins für große Kinder.« Tobys Inhalator rumpelte wie ein Auto, das auf platten Reifen fährt. »Vielleicht wirke ich klein, wie ich hier so im Bett liege, aber ich bin in Wirklichkeit sieben. Und könnte es vielleicht braun sein?«

»Also — ein braunes Automatikpony für einen Siebenjährigen, ja? Ich denke, das kriegen wir hin, und vielleicht gibt's noch ein paar Überraschungen zusätzlich.«

Tobys entzücktes Kichern hallte im Innern der Maske wider. »Wie lange muß ich warten?«

»Es wird so bald Weihnachten sein, daß du die Zeit bis dahin gar nicht mitbekommst«, erklärte ich ihm. »Es sind nur noch ein paar Tage bis dahin, nicht wahr, Nikolaus?«

»Stimmt.«

»Wird es mir dann besser gehen?« fragte Toby.

»Das könnte gut möglich sein, Regenbogenjunge«, sagte Dr. Krakower, während sie an dem Zufuhrregler von Tobys Meperidin-Tropf drehte. Er bekam das Zeug jetzt beinahe ständig, als ob er zwei Herzen hätte, eins zum Blutpumpen, das andere zum Pumpen der Medikamente. »Höchstwahrscheinlich.«

Verstohlen klappte ich meine Brieftasche auf und

zog meine MasterCred-Karte heraus. »Für Anthony Raines«, flüsterte ich Sebastian zu und schob ihm das Plastikrechteck hin. »Alles geht darauf.«

Sebastian hielt die Handfläche hoch wie ein Polizist der Brutalotruppe, der den Verkehr anhält. »Behalten Sie Ihre Karte«, sagte er. »H.E.R.Z. kommt für alles auf, auch für mein Honorar.« Er richtete sich hoch auf, und das Kissen schwankte unter seinem breiten schwarzen Gürtel, als er sich rückwärts aus dem Zimmer entfernte. »Bis dann, Toby — frohe Weihnachten!«

»Frohe Weihnachten«, sagte Toby hustend. Er zog die Maske ab und drehte sich zu mir um. »Hast du das gehört, Dad? Der Nikolaus kommt noch mal. Ich bin so aufgeregt.« Seine pflaumenfarbene Haut leuchtete. »Er wird mir ein Automatikpony bringen und noch ein paar Überraschungen. Ich kann es gar nicht erwarten, daß er wiederkommt — ich kann es gar nicht erwarten.«

Martina sagte: »Wir müssen miteinander reden.«

»Worüber?«

»Ich denke, das weißt du.«

Sie führte mich in den Besucheraufenthaltsraum im ersten Stock, eine Art ummauerter Dschungel. Überall prangten exotische rosafarbene Blüten zwischen üppig grünen Wedeln in der Größe von Elefantenohren. Alles unecht: jedes Blütenblatt war aus Porzellan, jedes Blatt aus Glas.

»Jack, was wir tun, ist einfach nicht richtig.«

»Deiner Meinung nach, Martina.« Ich schaltete den Fernsehapparat ein — es lief eine Varieté-Show mit dem Namen *Die Titten- und Arsch-Stunde.* »Das ist deine ganz persönliche Ansicht.«

»Es ist wirklich häßlich. Falsch und häßlich.«

»Was? Weihnachten?«

»Daß wir Toby anlügen. Er möchte die Wahrheit wissen.«

»Welche Wahrheit?«

»Er wird bald sterben.«

»Er wird nicht bald sterben.« Mir war klar, daß Martina es gut meinte, doch ich fühlte mich dennoch betrogen. »Auf welcher Seite stehst du überhaupt?«

»Auf Tobys.«

Ich zuckte zusammen. »Ach ja. Nun, falls er tatsächlich sehr krank ist, dann sollte er es gewiß nicht erfahren.«

»Er liegt im Sterben, Jack. Er liegt im Sterben, und er braucht jemanden, der ehrlich zu ihm ist.«

Auf dem Fernsehbildschirm zog eine breit grinsende Frau ihr Bikinioberteil aus, blickte geradeaus in die Kamera und sagte: »Da habt ihr es, Jungs! Deshalb habt ihr doch alle eingeschaltet!«

Ich knipste den Apparat aus. Das Bild implodierte zu einem Lichtpunkt und erlosch. »Was soll dieser Negativismus, Martina — du hörst dich an wie meine Frau.«

»Sei kein Feigling.«

»Feigling? *Feigling?* Kein Feigling würde all das auf sich nehmen, was ich durchgemacht habe.« Ich schlug mit der Handkante gegen die nächste Pflanze und brach einen Glaswedel ab. »Übrigens weiß er nicht einmal, was der Tod ist. Er würde es gar nicht verstehen.«

»Doch, das würde er.«

»Laß uns eine Sache klarlegen. Toby wird das großartigste Weihnachtsfest erleben, das sich ein Junge überhaupt vorstellen kann. Verstehst du? Ein so großartiges, wie es kein zweites gibt.«

»Na schön, Jack. Und dann ...«

»Und dann ...«

Die Wahrheit überfiel mich wie etwas Kaltes, Schnelles und Schweres — eine Flutwelle oder ein herabfallender Sack voller Nägel. Meine Knie sackten durch. Ich fiel zu Boden und schlug mit den Fäusten auf den abgebrochenen Palmwedel ein, zerschmetterte ihn. »Das darf nicht geschehen!« stöhnte ich. Ich zitterte wie ein Kind beim Gehirnbrand. »Das darf nicht sein, das darf nicht sein ...«

»Es ist so.«

»Ich liebe ihn so sehr.«

»Ich weiß.«

»Hilf mir«, schrie ich, während sich mir Glassplitter in die Handflächen bohrten.

»Hilf Toby«, sagte Martina, wobei sie sich bückte und mich mit ihrem tiefempfundenen, echten, nutzlosen Mitgefühl umhüllte.

7

Am letzten Tag des August, auf dem Höhepunkt einer sengenden und lähmenden Hitzewelle, spielte sich im Zentrum für Schöpferisches Wohlbefinden Weihnachten ab. Schlittenglöckchen läuteten silberhell durch die Korridore; die jubilierenden Klänge von ›O du fröhliche, o du selige ...‹ strömten aus dem tragbaren CD-Spieler; der aufdringlich grüne Geruch von Buchsbaumzweigen erfüllte die Luft. Niemals werde ich das Lächeln vergessen, das in Tobys ausgetrocknetem, zyanblauem Gesicht aufstrahlte, als sein Freund, der Heilige Nikolaus, ins Zimmer gestapft kam und einen gewaltigen Sack hinter sich herzog, ein Ungetüm aus Segeltuch mit verlockenden Beulen und vielversprechenden Ausbuchtungen.

»Hallo, Nikolaus.«

»Sieh mal, Toby, das ist alles für dich!« Sebastian Arboria öffnete den Sack, und der gesamte Segen ergoß sich daraus, all das, was Anthony Raines anhand meiner Liste aus der Stadt der Wahrheit mitgebracht hatte: die Plüschgiraffe und der Clownroboter, die Schnarrtrommel und die Schlittschuhe, das Backgammon-Spiel und auch der Steve-Carlton-Baseballschläger.

»Whao! O whao!« Tapfer zog sich Toby blinzelnd die Sauerstoffmaske vom Gesicht. »Für *mich* — das alles ist für *mich?*«

»Alles für dich«, bestätigte Sebastian.

Toby hielt seinen Plüschpavian über die Bettkante.

»Schau mal, Barnabas. Schau, was wir bekommen haben.«

Eine Abordnung von H.E.R.Z. erschien, ein Schwarm von Kobolden, Elfen, Gnomen und Wichteln schwirrten Kapriolen schlagend mit Eibischbüscheln und Mistelzweigen um Tobys Bett herum. Einer der Gehilfen des Nikolaus kam mit einer Krankenhaus-Rollbahre herein, auf dem ein Miniatur-Vergnügungspark thronte, ein Glücksland, das noch prächtiger war als jenes, das meine Nichte bekommen hatte, nachdem sie gebrannt worden war (Tobys war zusätzlich ausgestattet mit einem Ulkkabinett und einer Fallschirmsprungrampe sowie einem dampfbetriebenen Personenzug, der am Außenrand seine Runden drehte). Drei weitere Helfer trugen einen riesigen Baum herein — eine buschige schottische Kiefer, vollgehängt mit gläsernem Schmuck, funkelndem Flitterkram und verborgenen elektrischen Glühlämpchen —, der seine Nadeln überall verstreute.

»Hallo, ihr alle — ich bin Toby«, murmelte er, während die Helfer ihm den kahlen Kopf tätschelten. »Ich hab die Xaviersche Seuche, aber ich werde nicht sterben. Kinder sterben nicht, hat Dr. Krakower gesagt.«

»Natürlich wirst du nicht sterben«, sagte der Elf hinter der Rollbahre.

Ein hochgewachsener Kobold, angetan mit einer Federkappe, einer Halskrause aus Eibischzweigen und einer Lederhose, kam auf mich zu. »Anthony Raines«, stellte er sich vor. Ich hatte mir sein Äußeres genauso vorgestellt, mit einer Abweichung: bar jeder Spur eines Schnauzbartes, war seine Oberlippe so haarlos wie ein empfindungsfähiger satirevianischer Stein. »Es ist eine Ehre, jemanden von solch spiritueller Intensität kennenzulernen wie Sie, Jack.«

Ein Gnom schob einen Stecker in die Steckdose, und der Weihnachtsbaum leuchtete auf — ein freudvolles Strahlen, eine festliche Explosion, ein Feuerwerk an einem grünen Himmel. Während Toby in die Hände klatschte — eine Anstrengung, bei der er mühsam um Luft rang und sich vor Schmerz krümmte —, begannen die H.E.R.Z.-Mitglieder im Chor zu singen.

»O Toby, wie leid es uns tut,
zu hören, es geht dir nicht gut,
doch hiermit tun wir dir kund,
bald bist du wieder gesund,
denn du steckst voller Mut ...«

»Nikolaus, ich habe eine Frage«, sagte Toby.

»Ja?«

»Erinnerst du dich an ... äh ... an das Automatikpony?«

»Automatikpony, was für ein Automatikpony?« fragte Sebastian mit gespielter Ahnungslosigkeit. Dann schlug er die Fäustlinge zusammen. »Ach ja — das *Automatikpony.*«

Bei diesem Stichwort ritt eine schlanke Elfe auf einem wunderschönen kastanienbraunen Automatikpony in den Raum; sein Saumzeug schimmerte von aufgesetzten Rubinen, der Sattel war mit handgearbeiteten Silberintarsien verziert, eine Mähne aus echtem Pferdehaar wallte über seinen Hals.

»Wie heißt es?« fragte Toby.

Sebastian, Gott segne ihn, war auf die Frage vorbereitet. »Auf Nikolaus' Automatikpony-Ranch haben wir es Schokolade genannt.«

»Das ist ein komischer Name«, sagte Toby, während die Maschine sich nach vorn beugte und seine

Wange beschnupperte. »Sieh mal, Dad, ich habe ein braunes Automatikpony mit dem Namen Schokolade.« Er hustete und fügte hinzu: »Eigentlich wollte ich ein schwarzes.«

Ein scharfer Schmerz durchzuckte meinen Bauch. »Wie bitte? Schwarz?«

»Schwarz.«

»Du hast aber braun gesagt«, ächzte ich. Diese letzten Wochen — Tage, Stunden — mußten vollkommen sein. »Du hast ganz bestimmt braun gesagt.«

»Ich habe es mir anders überlegt.«

»Braun ist eine herrliche Farbe, Toby. Es ist eine *ganz tolle* Farbe.

Toby kämmte mit seinen bleistiftdünnen Fingern die Mähne des Ponys. »Ich glaube nicht, daß ich jetzt gleich schon auf ihm reiten werde.«

»Sicher, Kumpel.«

»Ich denke, ich werde später auf ihm reiten. Im Moment bin ich zu müde.«

»Morgen früh wird es dir besser gehen.«

Toby zog sich die Maske wieder vors Gesicht. »Könnte ich mal sehen, wie das Glücksland funktioniert?«

Während Dr. Krakower den Kopfteil der Bettauflage steiler stellte, damit Tobys Oberkörper höher kam und er eine ungehinderte Sicht auf den Miniatur-Vergnügungspark hatte, drehte Sebastian die Schalter und Knöpfe am Bedienungspaneel. Das Spielzeug wurde auf einen Schlag zum Leben erweckt, die ganze wirbelnde, sich drehende, ewig optimistische Welt.

»Schneller!« murmelte Toby, während das Karussell, das Riesenrad und die Achterbahn ihre unsichtbaren Passagiere in schwindelerregendem Tempo herumsausen ließ. »Laß es schneller laufen!«

»Hier, mach *du* es.« Sebastian reichte meinem Sohn das Bedienungspaneel.

»Schneller...« Toby erhöhte die Stromstärke. »Schneller, schneller...« Ich hörte die Spur eines unbewußten vorpubertären Sadismus in seiner Stimme. »Hereinspaziert, meine Damen und Herrn«, sagte er. »Machen Sie eine Fahrt mit dem Karussell, machen Sie eine Fahrt auf unserer riesigen Achterbahn.« In seiner Phantasie, das wußte ich, kotzten die Passagiere des Riesenrades sich jetzt die Seele aus dem Leib; die Achterbahn schleuderte ihre Kundschaft ins All; die Karussellpferde hatten ihre Reiter abgeworfen und trampelten auf ihnen herum. »Hereinspaziert!«

In diesem Moment bemerkte ich ein seltsames Phänomen beim Nikolaus und seinen Helfern. Ihre Augen waren feucht. Sie vergossen Tränen. Ja, *Tränen* — Kindertränen.

»Was ist los mit ihnen allen?« fragte ich Martina.

»Was meinst du?«

»Ihre Augen.«

»Hereinspaziert«, sagte Toby.

Martina sah mich an, wie sie vielleicht einen außergewöhnlich stumpfsinnigen und unintelligenten Hund angesehen haben könnte. »Sie weinen.«

»So etwas habe ich noch nie gesehen.« Ich drückte auf meine ausgetrockneten Tränensäcke. »Jedenfalls nicht bei Erwachsenen.«

»Machen Sie einen Fallschirmabsprung!« sagte Toby.

»In Satirev«, erklärte Martina »weinen die Erwachsenen andauernd.«

Tatsächlich. Ich ließ den Blick über die versammelten Erwachsenen schweifen, betrachtete ihre tränenden Augen, ihr wehmütiges Lächeln, ihre theatralisch traurigen Mienen. Ich betrachtete sie — und durchschaute sie. Ja, keine Frage, sie erfreuten sich an diesem grotesken Rührstück. Sie genossen jede Minute davon.

Toby hatte aufgehört zu sagen: »Hereinspaziert.« Er sagte gar nichts mehr. Das einzige Geräusch, das von ihm kam, war ein gedämpftes, schwaches Stöhnen, wie wenn der Wind leise über den Jordan pfiff.

Ein Wirbel von heftigen, zupackenden Bewegungen: Dr. Krakower senkte Tobys Bettauflage in horizontale Stellung ab, drehte den Inhalator auf, öffnete den Zufuhrhahn für das Meperdin. Anthony Raines nahm die knöcherne Hand meines Sohnes in seine und drückte sie beruhigend.

»Werde ich euch alle wiedersehen?« fragte Toby, während die Medizin sein Gehirn durchtränkte. »Werdet ihr zum nächsten Weihnachtsfest auch wieder kommen?«

»Natürlich.«

»Versprochen?«

»Wir sind wieder da, Toby, darauf kannst du dich verlassen.«

»Ich glaube, es wird kein nächstes Weihnachtsfest geben«, sagte mein Sohn.

»Das darfst du nicht glauben«, sagte Anthony.

Ich wandte mich ab und starrte den Baumschmuck an. Ein Schneemann aus Styropor hielt ein Plakat hoch mit der Aufschrift GUTE GENESUNG, TOBY. Ein Keramikengel schwenkte eine Fahne mit der Beteuerung WIR SIND BEI DIR, JUNGE. Auf einen Plastikeiszapfen war ein Schild aufgespießt, auf dem stand MIT DEM SCHMERZ KOMMT DIE WEISHEIT.

Als ich mich wieder umdrehte, gewahrte ich eine große silberne Träne, die über die Wange des Weihnachtsmannes kullerte. »Natürlich wird es ein nächstes Weihnachtsfest geben«, sagte ich mechanisch.

Tobys blaue Haut, die sich straff über die Wangen- und Kieferknochen spannte, runzelte sich, als er gähnte. »Mir gefällt Weihnachten«, sagte er. »Es gefällt mir sehr gut. Werde ich heute sterben, Nikolaus? Mir ist so kalt.«

Sebastian sagte: »So darfst du nicht reden, Toby.«

»Du weinst ja, Nikolaus. Du ...«

»Ich weine nicht«, sagte Sebastian und rieb sich mit den Fäustlingen die Tränen aus dem Gesicht.

»Vielen, vielen Dank, Nikolaus«, murmelte Toby, in Meperidin schwebend. »Das war der großartigste Tag meines ganzen Lebens. Ich mag dich, Nikolaus. Ich wünschte, mein Automatikpony wäre schwarz ...«

Mein Sohn schlief, röchelnd und pfeifend. Ich drehte mich zu Martina um. Unsere Blicke trafen sich, vereinigten sich. »Sag ihnen, sie sollen hinausgehen«, sagte ich mit bebender Stimme. Martina runzelte die Stirn. »Diese H.E.R.Z.-Geier«, wurde ich deutlicher. »Ich möchte, daß sie verschwinden. Sofort.«

»Ich glaube, du verstehst da was falsch, Jack. Sie sind gekommen, um während des ganzen Todeskampfes dabeizusein. Sie sind ...«

»Ich weiß, warum sie gekommen sind.« Sie waren gekommen, um mein Kind ersticken zu sehen; sie waren gekommen, um sich an dem rührseligen Spektakel zu ergötzen. »Sag ihnen, sie sollen verschwinden«, wiederholte ich. »Sag es ihnen!«

Martina ging zwischen den Helfern des Nikolaus herum und erklärte ihnen, daß ich etwas Zeit mit Toby ganz allein brauchte. Sie reagierten wie beleidigte Zehnjährige, die sich ungerecht behandelt fühlten: mit schmollenden Lippen, zusammengebissenen Zähnen, geballten Fäusten. Sie stampften mit den Füßen auf den glänzenden gelben Boden.

Langsam strömten die H.E.R.Z.-Leute hinaus, boten mir ihr scheinheiliges Beileid an und besprenkelten ihr Mitgefühl mit satirevianischen Bemerkungen. »Es ist nur eine Reise, Mr. Sperry, nicht das Ende.« »Er geht in die nächste Phase eines großen Kreislaufs über.« »Die Reinkarnation, das wissen wir inzwischen, beginnt genau im Augenblick des Dahinscheidens.«

Als Anthony Raines die Tür erreichte, fuhr ich ihm über die Eibisch-Halskrause und sagte: »Danke, daß Sie all das Spielzeug aufgetrieben haben.«

»Wir finden Sie sehr selbstsüchtig«, entgegnete er schroff und verdrehte die Feder seiner Kappe. »Wir haben so viel für Sie getan, und jetzt wollen Sie ...«

»Sie auf betrügerische Weise um sein Sterben bringen? Jawohl, das stimmt genau. Ich werde sie betrügen.«

»Ich dachte, Sie wollten, daß wir das Immunsystem Ihres Sohnes mit dem kosmischen Pulsschlag in Einklang bringen. Ich dachte, wir sollten ...«

»Ich glaube an all diesen Quatsch nicht mehr«, gestand ich. »Wahrscheinlich habe ich nie daran geglaubt. Ich habe mir selbst etwas vorgemacht.«

»Komm, lassen wir ihn allein.« Sebastian drückte seinen Kissen-Bauch gegen Anthony. »Ich glaube, in diesem Moment braucht er uns nicht.«

»Manche Leute sind sehr launisch«, sagte Anthony, während er dem Nikolaus aus dem Zimmer folgte. »Manche Leute ...«

Endlich war ich allein und stand mitten in dem grotesk-fröhlichen Durcheinander; in meinen Ohren pochte das gespenstische Tam-tam von Tobys Inhalator. Weihnachtsbaum, Automatikpony, Miniatur-Vergnügungspark, Plüschgiraffe, Clownroboter, Schnarrtrommel, Schlittschuhe, Backgammon-Spiel, Steve-Carlton-Baseball-Handschuhe — albern, wertlos, ohne Bedeutung; aber jetzt, jetzt endlich, würde ich ihm das geben, was er sich wünschte.

Toby wachte gegen Mitternacht auf, hustend und zitternd, von 40 Grad Fieber geschüttelt.

Die Augustluft war feucht, drückend, geronnen; sie fühlte sich an wie warmer Klebstoff. Ich erhob mich von meiner Klappliege, nahm meinen Sohn in die Arme, klopfte mit den Fingerknöcheln an die Maske seiner Raketenreise-Sauerstoffversorgung und sagte: »Kumpel, ich muß dir etwas sagen. Etwas Unerfreuliches.«

»Hm?« Toby umklammerte Barnabas Pavian mit festerem Griff.

Ich biß mir auf die Innenseite der Backe. »Es geht um diese Xaviersche Seuche. Es ist nämlich so: es handelt sich dabei um eine sehr, sehr schlimme Krankheit. Sehr schlimm.« Ein rasiermesserscharfer Schmerz durchfuhr meine Zunge, als ich darauf biß. »Du wirst nicht wieder gesund werden, Toby. Das wird einfach nicht geschehen.«

»Das verstehe ich nicht.« Seine Augen steckten tief in den knochigen Höhlen; die Brauen und Wimpern waren spärlich geworden, wodurch sein Blick noch großäugiger, trauriger, ängstlicher wirkte. »Du hast doch gesagt, Mr. Medizin würde mich wieder hinkriegen.«

»Ich habe gelogen.«

»Du hast gelogen? Was heißt das?«

»Ich wollte, daß du glücklich bist.«

»Du hast *gelogen?* Wie konntest du das überhaupt?«

»Hier in Satirev — ist es anders als in unserer alten Stadt, sehr anders. Wenn man sich lange genug hier unten aufhält, kann man lernen, *alles* zu sagen.«

Wut stieg in seinem Gesicht auf, rotes Blut pochte unter blauer Haut. »Aber — aber der Nikolaus hat mir doch ein Automatikpony gebracht.«

»Ich weiß. Es tut mir leid, Toby. Es tut mir schrecklich, schrecklich leid.«

»Ich möchte auf meinem Automatikpony reiten!« Er weinte — weinte wie der betrogene Siebenjährige, der er war. Die Tränen trafen auf die Maske und rannen an der gewölbten Form aus glattem Plastik entlang. »Ich möchte auf Schokolade reiten!«

»Du kannst nicht auf ihm reiten, Toby. Es tut mir leid.«

»Ich habe es gewußt!« kreischte er. »Ich habe es doch gewußt!«

»Wieso hast du es gewußt.«

»Ich habe es einfach *gewußt.*«

Eine gedehnte, unerträgliche Minute verstrich, unterbrochen von dem miteinander verflochtenen Stampfen des Inhalators und Tobys Schluchzen. Er küßte seinen Pavian. Dann fragte er: »Wann?«

»Bald.« Ein harter, kratziger Knoten bildete sich in meiner Luftröhre. »Vielleicht in dieser Woche.«

»Du hast mich *angelogen.* Ich hasse dich. Ich habe mir vom Nikolaus kein *braunes* Automatikpony gewünscht, ich wollte ein schwarzes. Ich hasse dich!«

»Sei nicht so gemein zu mir, Toby.«

»Schokolade ist ein blöder Name für ein Automatikpony.«

»Bitte, Toby ...«

»Ich hasse dich.«

»Warum bist du so gemein zu mir? Bitte, sei nicht so.«

Eine weitere wortlose Minute folgte, gekennzeichnet durch das unbarmherzige dumpfe, abgehackte Dröhnen des Inhalators. »Ich kann dir nicht sagen, warum«, antwortete er schließlich.

»Sag es mir.«

Er zog sich die Maske vom Gesicht. »Nein.«

Geistesabwesend löste ich den Aufhänger eines Gipsheiligen vom Weihnachtsbaum meines Sohnes. »Ich bin so dumm«, sagte ich.

»Du bist nicht dumm, Dad.« Rotz tröpfelte aus Tobys Nase. »Was geschieht, wenn jemand gestorben ist?«

»Ich weiß es nicht.«

»Was *glaubst* du, was dann geschieht?«

»Nun, ich nehme an, alles hört auf. Es hört ... einfach auf.«

Toby fuhr mit einem Finger über das geschmeidige Gummi seines Meperidin-Schlauches. »Dad, es gibt etwas, das ich dir bisher verschwiegen habe. Du kennst doch meinen Pavian hier, Barnabas? Er hat auch die Xaviersche Seuche.«

»Oh? Das ist traurig.«

»Genauer gesagt, er ist bereits daran *gestorben.* Er ist vollkommen tot. Barnabas hat einfach ... aufgehört.«

»Ich verstehe.«

»Er muß bald begraben werden. Er ist tot. Er möchte im Meer bestattet werden.«

Ich zerdrückte den Heiligen in meiner Hand. »Im Meer? Klar, Toby.«

»Wie in dem Buch, das wir gelesen haben. Er möchte wie Corbeau der Pirat begraben werden.«

»Natürlich.«

Toby streichelte den Leichnam des Pavians. »Kann ich Mom noch mal sehen, bevor ich sterbe? Darf ich sie sehen?«

»Wir werden morgen zu Mom gehen.«

»Lügst du jetzt?«

»Nein.«

Ein Lächeln verzog seine aufgesprungenen Lippen. »Darf ich jetzt mit dem Vergnügungspark spielen?«

»Klar.« Ich drückte die Augen so fest zu, daß ich beinahe erwartete, ich würde sie mir ins Gehirn schieben. »Möchtest du die Steuerung bedienen?«

»Ich fühle mich nicht stark genug. Mir ist so kalt. Ich liebe dich, Dad. Ich hasse dich nicht. Wenn ich gemein zu dir bin, dann hat das einen bestimmten Grund.«

»Welchen Grund?«

»Ich möchte nicht, daß ich dir allzusehr fehle.«

Jetzt würde es mir passieren, das wußte ich: die Geschichte mit den Tränen. Ich griff unter das Bett und bediente den Hebemechanismus, bis ich Tobys leeren Blick in die Richtung seines Vergnügungsparks gebracht hatte. Was für eine auf sich selbst beschränkte Wirklichkeit, dieses Spielzeug — wie sehr ähnelte es Veritas, dachte ich, wie sehr ähnelte es Satirev. Jeder, der in einer derart eingegrenzten Welt lebte, der sich wirklich als einer ihrer Bewohner empfand, mußte auf lange Sicht verrückt werden.

»Ich werde dir nicht allzusehr fehlen, nicht wahr?«

»Du wirst mir fehlen, Toby. Du wirst mir in jeder Minute meines Lebens fehlen.«

»Dad — du weinst ja!«

»Du kannst mit dem Vergnügungspark spielen, solange du willst«, sagte ich und hantierte an den Knöpfen des Bedienungspaneels herum. »Ich liebe dich sehr, Toby.« Das Karussell schwang herum, das Riesenrad drehte sich, die Wagen der Achterbahn sausten auf und ab und schlugen Loopings. »Ich liebe dich sehr.«

»Schneller, Dad. Laß sie schneller fahren.«

Und ich tat es.

Den Morgen nach Weihnachten verbrachten wir damit, eine Bahre mit allen für den Versuch, die Xaviersche Seuche erträglicher zu machen, notwendigen Gerätschaften auszustatten und sie in ein bewegliches Zentrum für die Lindernde Behandlung von Hoffnungslosen Krankheitsfällen umzuwandeln: Schläuche, Aluminiumständer, Sauerstoffflasche, Inhalator. Dr. Krakower packte eine Ampulle mit Morphium in unseren Karton mit Infusionsflaschen, für den Fall, daß die Schmerzen so stark würden, daß Meperidin nicht mehr ausreichte. »Ich würde sehr gern mit Ihnen kommen«, sagte sie.

»Die Wahrheit ist«, entgegnete ich, »daß Toby in einem oder zwei Tagen tot sein wird — habe ich recht? Er ist kein Fall mehr für die medizinische Wissenschaft.«

»Diese Dinge laufen nicht nach Fahrplan ab«, sagte Dr. Krakower.

»Er wird vor dem Ende dieser Woche tot sein. Sie können ebensogut hierbleiben.«

Martina und ich trugen Toby durch Satirev bis zu dem Überlaufkanal an der Ecke Dritte und Bruno-Straße, während Ira Temple dicht hinter uns auf dem Automatikpony ritt, gefolgt von William Bell, der die Weihnachtsgeschenke meines Sohnes in dem Nikolaussack hinter sich her zog. Toby war so abgemagert, daß die Decken ihn vollkommen zu verschlucken drohten; sein kleiner Kopf, der schlaff auf dem Kissen lag, wirkte wie entkörpert, die mißgestaltete Kuriosität einer billigen Jahrmarktsschau, die Requisite zu einer Grand-Guignol-Aufführung. Er umklammerte seinen Plüschpavian mit einer seltsam väterlichen Verzweiflung: Rumpelstilzchen hat endlich sein Baby bekommen.

Gegen Mittag traf Toby bei seiner standfesten veritasianischen Mutter ein; er hing schlaff über ihre Arme wie die Capa eines Stierkämpfers.

»Weiß er, wie krank er ist?« fragte sie mich.

»Ich habe ihm die Wahrheit gesagt«, gestand ich.

»Das hört sich vielleicht seltsam an, Jack, aber … ich wünschte, er wüßte es nicht.« Helen holte erstaunt Luft, als ein Tropfen Salzwasser sich aus ihrem Augenwinkel ergoß, über die Wange kullerte und auf den Boden tropfte. »Ich wünschte, du hättest ihn angelogen.«

»Im großen und ganzen ist die Wahrheit immer noch das Beste«, behauptete ich voller Überzeugung. »Das da ist eine Träne«, bemerkte ich.

»Natürlich ist es eine Träne«, erwiderte Helen gereizt.

»Das bedeutet …«

»Ich *weiß*, was das bedeutet.«

Weinend trugen wir Toby in sein Zimmer und legten seinen marionettenartigen Körper auf das Bett. »Mom, hast du mein Automatikpony gesehen?« keuchte er, während William und Ira seinen Meperidin-Tropf anschlossen. »Ist er nicht super? Sein Name ist Schokolade.«

»Es ist ein ganz nettes Spielzeug«, sagte Helen.

»Mich friert, Mom. Mir tut alles weh.«

»Das wird dir helfen«, sagte ich und öffnete den Zufuhrhahn.

»Ich habe auch ein Glücksland. Der Nikolaus hat es mir gebracht.«

Helens Miene verfinsterte sich und drückte die gleiche Verwirrung aus wie beim Anblick ihrer Träne. »Wer?«

»Der Weihnachtsmann. Der heilige Nikolaus. Dieser dicke Mann, der über die Erde geht und den Kindern Spielzeug bringt.«

»Das geschieht nicht, Toby. Es gibt keinen Nikolaus.«

»Doch, es gibt einen. Er hat mich besucht. Werde ich sterben, Mom?«

»Ja.«

»Für immer?«

»Ja. Für immer. Ich würde fast alles hingeben, damit du wieder gesund wirst, Toby. alles.«

»Ich weiß, Mom. Ist … ist schon gut. Ich bin … müde. So … schläfrig.«

Ich spürte, wie sein Geist wegsickerte, wie ihn die Seele verließ. Stirb nicht, Toby, dachte ich. O bitte, bitte, stirb nicht!

»Wenn du willst«, sagte Martina, »halte ich für eine Weile bei ihm Wache.«

»Ja«, antwortete ich. »Gut.«

Wie gelähmt, ausgelaugt, gingen wir anderen ins Wohnzimmer; dieser Ort war jetzt mit entsetzenverbreitenden Gegenständen vollgestellt: dem Automatikpony, der Plüschgiraffe, all dem Zeug. Helen bot sich an, etwas zu essen zu machen — Scheiben vom Anständigem Roggenlaib, belegt mit Eßbarem Cheddarkäse —, doch niemand hatte Hunger. Um das Panoramafenster herum versammelt, blickten wir hinunter auf die Stadt der Wahrheit. Veritas, statt der Wahrheit. Dieser Doppelsinn war mir bis dahin noch nie aufgefallen.

Ich brachte William und Ira zum Lift und murmelte unzusammenhängende Dankesworte. Im Gegensatz zu den H.E.R.Z.-Mitgliedern brachten sie ihr Mitgefühl auf geschmackvolle Art zum Ausdruck; ihre Traurigkeit war maßvoll, ihre Tränen klein und rationiert. Erst als die Tür des Lifts zuschlug, hörte ich William aufschreien:

»Das ist nicht *gerecht!*«

In der Tat.

Ich taumelte in Tobys Zimmer. Er zitterte im Schlaf: kalte Träume. Helen und Martin standen bei ihm; meine Frau zappelte nervös mit einem Glas Scotch in der Hand herum, meine Einmal-Geliebte stand fest verwurzelt wie ein Geldbaum da. »Bleib«, sagte ich zu Martina. »Das ist doch in Ordnung, nicht wahr, Helen? Sie ist Tobys Freundin.«

Anstatt zu antworten, starrte Helen Martina nur an und sagte: »Genauso habe ich Sie mir vorgestellt. Ich nehme an, Sie können nichts dafür, daß Sie aussehen wie ein Flittchen.«

»Helen, wir alle sind sehr traurig«, sagte ich, »aber ein solches Gerede ist nicht nötig.«

Meine Frau trank ihren Scotch aus und sackte zu Boden. »Ja, ich bin traurig«, stimmte sie zu.

»Toby hat sich so sehr gefreut, Sie zu sehen«, sagte Martina zu ihr. »Ich wette, er wird sich jetzt allmählich erholen, da Sie bei ihm sind.«

»Lügen Sie mich nicht an, Miss Coventry. Es tut mir leid, daß ich grob zu Ihnen war, aber — lügen Sie nicht.«

Martina hatte gelogen, und doch schien es Toby gegen Abend ein klein wenig besser zu gehen. Sein Fieber sank auf 38 Grad. Er fing an, alles mögliche von uns zu verlangen — Helen mußte sein Automatikpony ins Zimmer bringen, Martina mußte ihm das Märchen vom Rumpelstilzchen erzählen. Ich vermutete, daß der Einfluß des Vertrauten — der wertvolle Anblick seiner Tapete, der Schranktür, der Postkartensammlung und der stümperhaften Holzarbeiten — offenbar einen Placebo-Effekt hatte.

Placebos waren Lügen.

Während Martina ihn mit einer witzigen Abwandlung der Rumpelstilzchen-Geschichte unterhielt, einer Version, bei der die Tochter des Müllers Nabelfusseln zu Erdnußbutter-Sandwiches verspinnen mußte, bereiteten Helen und ich in der Küche Kaffee.

»Liebst du sie?« fragte sie.

»Martina? Nein.« Ich liebte sie nicht. Nicht mehr.

»Wie kann ich wissen, ob du mir die Wahrheit sagst?«

»Du wirst mir vertrauen müssen.«

Wir kamen überein, die Ehe weiterzuführen. Wir hatten das Gefühl, daß wir in der nahen Zukunft einander brauchen würden: die Maschinerie der Trauer war neu für uns, unsere Tränen waren noch etwas Fremdes und Unheimliches.

Um fünf Uhr am nächsten Morgen starb Toby. In der letzten Stunde setzten Helen und ich ihn auf Schokolade und hielten ihn dort fest, damit er so tun konnte, als würde er reiten. Wir schaukelten ihn vor und zurück und sagten ihm, daß wir ihn liebten. Er sagte, es sei ein ganz tolles Automatikpony. Er starb im Sattel, wie ein Cowboy. Die Todesursache war letztlich Ersticken, nehme ich an; seine Lunge gehörte der *Pneumocystis carinii* und nicht Veritas' schmutziger und geschädigter Luft. Sein vorletztes Wort, das er in der Höhle seiner Maske aushustete, war ›kalt‹. Sein letztes Wort war ›Rumpelstilzchen‹.

Wir legten ihn wieder ins Bett und schoben ihm Barnabas Pavian unter den Arm.

Ich geleitete Martina in den Flur und umarmte sie zum Abschied. Zweifellos würden sich unsere Wege wieder einmal kreuzen, sagte ich zu ihr. Vielleicht würde ich sie bei dem bevorstehenden Weihnachtsanschlag im Umsicht-Park treffen.

»Deine Frau hat ihn geliebt«, sagte Martina, während sie auf den Abwärts-Knopf drückte.

»Mehr, als sie selbst wußte.« *Bing,* der Lift kam.

»Ich habe ihn für kurze Zeit glücklich gemacht, nicht wahr? Ein paar Wochen lang war er glücklich.«

Hinter Martina glitt die Tür auf. »Du hast ihn glücklich gemacht«, sagte sie und trat aus meinem Leben.

Ich schleppte mich in die Küche zurück und rief meine Schwester an.

»Ich wünschte, mein Neffe wäre nicht gestorben«, tat sie kund. »Obwohl ich eines sagen muß — in diesem Moment bin ich froh, daß es mir so gutgeht — mit Connie, meiner Gesundheit, meinem Job. Ja, bei Anlässen wie diesem ist man wirklich froh darüber, wie gut es einem selbst geht.«

»Wir treffen uns in einer Stunde. In der Glanzlosen Straße Nummer Sieben, Bezirk Descartes.«

Helen und ich verpackten Tobys Leichnam in einem übergroßen Reißanfälligen Müllbeutel — Barnabas Pavian war jetzt ein Teil von ihm, durch die Totenstarre fest mit ihm verbunden —, dann ließen wir ihn in den Nikolaussack gleiten. Wir zerrten ihn zum Lift, fuhren mit ihm ins Erdgeschoß hinunter und hievten ihn in den Kofferraum meines Adäquat. Während unserer Fahrt durch die Stadt dröhnten uns politische Werbespots im Zusammenhang mit der Wahl aus dem Radio entgegen, einschließlich derer für Doreen Hutter. »Während einer meiner halbwüchsigen Söhne zugegebenermaßen ein Drogenabhängiger und Autodieb ist«, sagte sie, »verbringt der andere seine Nachmittage damit, Blinden vorzulesen und ...«

Ich stellte mir vor, wie Martina diese Zeilen niedergeschrieben hatte, als hingekritzelte Randbemerkungen neben ihre Schüttelreime.

Als wir in die Hafengegend kamen, fuhr ich an den Anlegesteg, wo die *Durchschnittliche Josephine* vertäut lag. Boris saß auf dem Vorderdeck, wo er Klebeband um den gebrochenen Stiel eines Muschelrechens wikkelte und mit Gloria und Connie plauderte. Ich betrachtete eindringlich die Augen meiner Schwester — trocken, unanständig trocken — und ließ den Blick weiterwandern zu denen meiner Nichte — trocken.

Dem angenommen Gott sei Dank erfaßte Boris die Situation sofort. Toby wollte also im Meer bestattet werden? Okay, kein Problem — der Segeltuchsack würde gute Dienste leisten: ein paar Ziegelsteine, ein paar andere dicke Brocken …

Er fuhr mit der *Durchschnittlichen Josephine* bei höchster Geschwindigkeit in den Kanal hinaus und ankerte in der Nähe des nördlichen Ufers, unterhalb eines nackten Felsens, auf dem Seeschwalben nisteten. Während die Vögel ihre Kreise über dem Wasser drehten, beäugten sie uns finster, um ihren luftigen Hort zu verteidigen wie wütende übergroße Bienen.

Boris zog den Nikolaussack ins Schiffsheck und legte ihn auf das schmutzige, mit Algen überzogene Deck. »Wie ich höre, warst du ein ziemlich toller Kerl, kleiner Toby«, sagte er, während er den Sack mit einem Stück wasserfestem Hanf fest verschnürte. »Tut mir leid, daß ich dich nie kennengelernt habe.«

»Obwohl du mich nicht hören kannst, bewegt mich in diesem Moment der Abschied von dir«, sagte Gloria. »Ich fühle mich ein wenig schuldig, weil ich dir nicht mehr Beachtung geschenkt habe.«

»Die Sache ist die, daß ich mich mit dir gelangweilt habe, Toby«, sagte Connie. »Nicht, daß ich dich nicht hätte leiden können. Ich bedaure sogar irgendwie, daß wir kaum jemals miteinander gespielt haben.«

Boris hob den Nikolaussack hoch und balancierte ihn mit seiner haarigen, wettergegerbten Hand auf dem Querbalken.

»Du fehlst mir, Sohn«, sagte ich. »Du fehlst mir sehr.«

»Du warst ziemlich langweilig«, sagte Connie.

Boris zog die Hand zurück, und der Sack plumpste ins Wasser wie das Gürteltier, das Toby gefangen und am Jordan freigelassen hatte. Als er auf der Wasseroberfläche des Kanals aufschlug, sagte Helen schlicht: »Ich liebe dich, Toby.« Sie sagte es immer wieder, noch lange nachdem der Sack außer Sicht gesunken war.

»In einer Stunde wird es dunkel sein«, erklärte Boris. »Wie wär's, wenn wir uns auf den Weg machen würden?«

»Hm?«

»Du weißt schon — uns auf den Weg machen. Aus dieser verrückten Stadt abhauen.«

»Abhauen?«

»Denk darüber nach.«

Das war nicht nötig.

Ich bin jetzt ein Lügner. Ich könnte diesen letzten Abschnitt leicht mit einem unaufrichtigen Bericht über allerlei Dinge füllen, die uns angeblich widerfahren sind, nachdem wir Gloria und Connie am Ufer abgesetzt und wieder auf den Fluß zurückgekehrt waren: die atemlose Verfolgungsjagd, solange die Brutalotruppe hinter uns her war, unser knappes Entkommen in der Bucht, unsere waghalsige Flucht ins offene Meer. Doch die schlichte Tatsache ist, daß all solche dramatischen Ereignisse nicht stattgefunden haben. Durch ein strahlendes, existenzielles Wunder schipperten wir in jener Nacht unbehelligt aus veritasianischem Gebiet hinaus, ohne einem einzigen Polizeiboot oder einer Küstenwache zu begegnen oder auf eine Unterwassermine aufzulaufen.

Wir durchkreuzen jetzt bereits seit fast drei Jahren die weitläufige und stürmische Karibik, besuchen dieselben Landstriche, die Columbus einst berührte — Trinidad, Tobago, Barbados —, um unseren Vorrat an frischem Obst und Trinkwasser wieder aufzufüllen, ohne bestimmten Kurs, ohne vorgegebene Zukunft, mit ungewissem Ziel. Wir verspüren kein Verlangen, irgendwo Wurzeln zu schlagen. Zur Zeit ist uns die *Durchschnittliche Josephine* Heimat genug.

Mein Syndrom, so habe ich gehört, ist normal. Die Alpträume, die plötzlichen Tobsuchtsanfälle, die grundlosen Schreie, der Ausbruch, bei dem ich das Radio, unsere Funkverbindung zur Küste, zerschmettert habe — diese Verhaltensweise, so wurde mir gesagt, war zu erwarten.

Verstehen Sie, ich will ihn wiederhaben.

Es wird allmählich dunkel. Ich schreibe bei Kerzenlicht, in unserer düsteren Kombüse, die Mine meines Kugelschreibers kratzt über die Seite wie eine Küchenschabe, die ein fettiges Stück Alufolie ausräubert. Meine Frau und der Muschelbuddler kommen herein. Boris fragt mich, ob ich Kaffee möchte. Ich sage nein.

»Hallo, Daddy.« Die kleine Andrea sitzt auf Helens Schultern wie ein Joch.

»Hallo, Liebling«, sage ich. »Hast du Lust, mir ein Lied vorzusingen?« frage ich meine Tochter.

Bevor ich das Radio zerstört habe, hatte uns eine aufwühlende Nachricht erreicht. Ich versuche immer noch, damit fertigzuwerden. Im letzten Oktober hat ein begabter Chemiker an der Voltaire-Universität ein Heilmittel gegen die Xaviersche Seuche entdeckt.

Andrea klettert herunter. »Ich singe dir sehr gern etwas vor.« Sie ist erst zweieinhalb Jahre alt, aber sie spricht mindestens wie eine Vierjährige.

Boris bereitet sich eine Tasse Donaldsons Trinkbaren Kaffee.

Aus heiterem Himmel fragt Helen: »Hast du mit jener Frau geschlafen?«

»Mit welcher Frau?«

»Martina Coventry. Also, hast du?«

Ich kann antworten, was ich will. »Warum fragst du mich das jetzt?«

»Weil ich es jetzt wissen will. Hast du jemals ...?«

»Ja«, sage ich. »Einmal. Bist du traurig darüber?«

»Ich bin traurig darüber«, sagt Helen. »Aber ich wäre noch trauriger, wenn du mich angelogen hättest.«

Andrea klettert mir auf den Schoß. Ihr Gesicht, so stelle ich mit großer Freude fest, ist eine vollkommene Vereinigung von Helens und meinen Zügen. »›Ich verberge meine Flügel in meiner Seele‹«, singt sie, Text von Martina Coventry, Musik von Andrea Sperry.

»›Ihre Federn sind weich und trocken‹« singen meine Tochter und ich gemeinsam. Die Melodie ist teils ein Klagelied, teils eine Hymne.

Jetzt fallen auch Helen und Boris mit ein, als ob meine satirevianische Erziehung irgendwie auf sie abgefärbt hätte. Das Lügen bereitet ihnen keinen sichtbaren Schmerz.

»›Und wenn die Welt nicht hersieht ...‹«

Wir befinden uns in vollkommener Harmonie, wir vier. Ich bin kein großer Freund des Lügens, wird mir beim Schmettern der letzten Zeile — unserem peinlichen Leugnen der Schwerkraft — bewußt, aber ich habe auch nichts dagegen.

»›Holen wir sie heraus und fliegen‹«, singen wir alle gemeinsam, und wenn ich auch so flügellos wie ein veritasianisches Schwein bin, habe ich doch das Gefühl, letztendlich irgendwohin zu gelangen.

Gina Greifenstein
Liebeskummer & Lametta

(ggf). Autorenvita